LES

DEUX REGNES,

POËME

EN SIX CHANTS.

M. DCC. LXXV.

V. les mémoires secrets tome 7. du 27 mars. 1775.

LES DEUX REGNES, POËME EN SIX CHANTS (1).

ARGUMENT OU SUJET DU PREMIER CHANT.

ÉTAT de la France à la mort de Louis XIV. Commencement du Regne de Louis XV. Troubles pendant sa minorité. Systême de Law. Guerre de 1741. Victoires de Louis XV. Sa modération. Sa maladie à Metz. Pacte de Famille. Description du Temple de l'Envie. Idée du Gouvernement Anglois. Voyage de la Discorde & du Génie de l'Angleterre à Berlin. Résultat du voyage.

LE Monarque absolu, qui par des Mandarins
De ce Peuple fameux gouverne les destins,
Veut que l'un d'eux toujours l'accompagne, l'épie,
Recueille, chaque jour, chaque instant de sa vie;
Qu'aux fastes de l'Histoire une sévere main
Pas à pas sur son regne imprime le burin.
Qu'ainsi de l'art des Rois éclairant la science,
Il porte le flambeau, le frein de la puissance,
Et que sans cesse il crie : *ô Rois, la Majesté*

(1) Dans ce premier Chant, ainsi que dans tous les autres, on a préféré l'ordre & la chaîne des événements à la rigueur chronologique.

A pour Juges, le Ciel & la Postérité.

Loi sainte !... Loi sublime !... O précieux usage !
Vous défendez toujours un peuple heureux & sage,
Contre ces vils flatteurs, dont la perfide voix,
Sait tromper, enivrer & corrompre les Rois....

Non : jamais, au vrai seul ma bouche consacrée
Par cet art destructeur ne s'est déshonorée :
J'abhorre les Nerons : j'adore les Trajans ;
Mais quand je vois Titus dans un Roi de vingt ans,
Dans un Roi, comme lui, bienfaisant, clément, juste,
Est-ce donc le *flatter* que de chanter Auguste ?

Et toi, lorsque sensible à tes pleurs, à ta voix,
D'une main paternelle il ramene tes Loix,
François, quand pour toi seul ton jeune Roi respire,
Quand ta félicité commence son empire,
Comment un Peuple heureux, libre & reconnoissant
Pourroit-il s'acquitter de tout ce qu'il ressent ?

Que n'ose point l'amour !.. il est ton interprete :
Le chalumeau bientôt va devenir trompette :
La Déesse aux cent voix m'a déja prévenu,
Et de l'Ourse au Midi mon Héros est connu.

Et vous, si vous voyez ma Muse incorruptible
Porter sur un Roi même un crayon inflexible,
O mes Concitoyens !... voyez couler mes pleurs :
Croyez qu'en gémissant je trace ses erreurs,
Et qu'au milieu des traits semés dans sa carriere,
J'admire le Monarque, & je regrette un Pere.

Qui peut mieux nous instruire ?... ainsi que ses revers,
Les erreurs d'un grand homme instruisent l'Univers.
D'un silence imposteur la basse flatterie
Dégraderoit encore le Tableau de sa vie.....

Téméraire sujet !... quel indiscret effor !...
Qui touche à l'Arche sainte, est digne de la mort.....

De ce Roi cependant fameux par sa sagesse

Les volumes sacrés ont transmis la foiblesse :
Ainsi qu'en Assyrie, ainsi qu'en Israel,
Les Rois ont leur Aman, ont leur Achitophel,
Et les Sujets toujours inclinés sous le Trône
Ne s'en prennent jamais qu'à ce qui l'environne....
Chez le François sur-tout heureuse vérité.
L'amour de la Patrie, hélas ! tant décrié,
N'est point du tout l'orgueil farouche & fanatique,
Inquiet, ombrageux, dans une République :
Pour l'ordre & pour les Loix il est ce feu divin,
Qui dans tout pays libre enflamme un Citoyen.
Il inspira Caton ; inspira ce grand homme,
Et le Libérateur & l'Oracle de Rome.
Il ne sait point porter un front audacieux ;
Mais il n'est point l'esclave un bandeau sur les yeux,
Il m'éclaire : il m'anime : il lance dans mon ame
Avec la vérité son courage, & sa flamme.
Sur les écueils du Trône il porte le flambeau,
Mais d'un Monarque foible il baigne le tombeau.
Aux pieds d'un Thélemaque assis au rang des Sages,
Il m'élance, il m'entraîne, il jette mes hommages :
Devant lui, vils flatteurs, ma Muse vous poursuit,
Et de tous vos complots perce l'affreuse nuit.
Vengeur des malheureux, tant de fois vos victimes,
Je ne vous nomme point ; je n'en veux qu'à vos crimes :
Si c'est vous que j'ai peints, sachez vous corriger ;
Et puisse contre vous mon Roi me protéger.
S'il en est autrement, ô ma chere Patrie !
D'un enfant qui t'aima, que m'importe la vie,
Si, graces au Titus, que benit l'Univers,
De mes derniers regards j'ai vu tomber les fers !
Le plus grand des Capets trahi par la victoire,
Laissa sur des débris, & sa vie & sa gloire :
Par les vents orageux de la minorité

Le berceau de Louis fut long-temps agité ;
Pour comble d'infortune un ruineux délire
Sous l'immortel Philippe épuisa son empire.
Le Malade touchoit à ses derniers moments ;
Mais il est de ces corps, de ces tempéraments,
Dont les ressorts doués d'une heureuse énergie
Luttent contre la mort, semblent fixer la vie.
Sous trois lustres de paix la France respira,
Et ce corps languissant bientôt se répara.
Le Nord enfin se charge, & la guerre s'allume,
Chez l'Antique Sarmate une antique coutume
N'affecte point au sang le Trône de ses Rois :
La liberté le donne : elle en dicte les Loix :
Met toujours le bandeau sur le front d'un Esclave,
Et le fer à la main le couronne, & le brave.
Cependant on a vu toujours fixant les vœux
Les Jagellons assis sur ce Trône orageux,
Mais de ce sang si cher la source étoit tarie :
Des Maîtres quelquefois pris hors de la Patrie
Commandent en tremblant au Sarmate indompté.
Du Trône le Saxon se vit précipité.
L'Alexandre du Nord dans le sein de sa gloire,
Y placa Lekzinski des mains de la victoire.
Le jeune Stanislas connut l'adversité,
Descendit à son tour de ce Trône agité :
Le Trône vaque encor : par de nouveaux suffrages,
Il se voit ramener au milieu des orages :
Stanislas, qui devoit des Maîtres aux François,
Avoit uni son sang à celui des Capets,
Mais des Rois le suprême & souverain arbitre,
A l'appui de Capet n'accorda qu'un vain titre.
Le Ciel à Stanislas garde d'autres destins.
Il lui devoit des jours plus purs & plus sereins :
La Vistule céda son Héros à la Meuse :

Sous Stanislas enfin l'Austrasie est heureuse,
Et l'empire des lys a par lui recouvré
De son domaine antique un Trône démembré.
Dans l'Europe l'Olive à peine étoit plantée :
Par de nouveaux débats je la vois tourmentée:
Le Trône des Othons vivement disputé
Entre deux Candidats dans le sang a flotté.
A Louis dans ces temps la victoire soumise,
Fit trembler Albion aux bords de la Tamise.
L'invincible Maurice abaissa les Césars,
Lowendal du Batave emporta les remparts,
Et de Louis enfin les armes fortunées,
De l'Europe régloient les vastes destinées.
Héros au champ de Mars, il fut plus, il fut Roi;
Il oublia Raucoux, Laufelt, & Fontenoy.
La modération enchaîna la victoire :
Louis de ses exploits ne voulut que la Gloire :
Arbitre de la Guerre, il sut donner la paix,
Et l'Europe étonnée a béni ses succès.
Temps heureux!.. pourquoi seuls gravés dans ma mémoire
Du regne de Louis n'êtes-vous pas l'histoire !
Louis étoit alors *Louis le bien aimé.*
Son Peuple à l'adorer étoit accoutumé.
Je vous atteste! ô jours! où Mets vit ce Monarque
Sans vie & sans espoir sous la faulx de la parque,
De la Meuse à la Seine, & de la Loire au Rhin
Quels cris de la douleur sur un si cher destin !
Un Peuple immense accourt, & de nos basiliques
Entoure les Autels, inonde les portiques ;
Sur le front des couriers cherche à lire son sort ;
Les interroge, & craint d'apprendre que la mort......
François, rassure toi : le Ciel à tes prieres
Rend le plus grand des Rois, & le meilleur des peres ;
La parque enfin soumise a retiré sa faulx

Tu versas tant de pleurs, poussas tant de sanglots,
Dans les Temples sacrés jette des cris de joye :
Au plaisir le plus pur livre ton ame en proye.
Mets va rendre à Paris un dépôt précieux :
Ton Maître & ton idole, enfin sont sous tes yeux.
Au sein de ses enfants vois dans ta douce yvresse
Son front resplendissant de joye & de tendresse :...
Qui put prévoir alors !.... mais non : jamais Louis
Ne cessa d'être Pere : il fut trompé, surpris :
Ne céda qu'aux poisons de cette foule impure,
Qui corrompit en lui les dons de la nature ;
D'un groupe de flatteurs contre lui conjuré,
Et dont le Trône, hélas, n'est que trop entouré.
  Fleau de la vertu, prophanateur impie,
Corrupteur inflexible, infame flatterie,
Monstre, ce n'est qu'à toi qu'il dût tous ses malheurs :
A toi que nous devons, & sa perte, & nos pleurs.
  Ennemis de Louis, grace à votre science,
Il perdit d'un grand Roi la seule récompense,
L'amour de ses Sujets : par vous il opprima
Un Peuple qu'il aimoit, un Peuple qui l'aima.
Il étoit cependant si sûr de nous séduire.
Il abjura par vous un si flatteur empire.
Vous avez sous son nom distribué vos fers,
Et votre despotisme a comblé nos revers.
  Mais de la vérité si le saint Ministere,
Sur la cause des maux me défend de me taire,
Je ne dois que les faits, c'est au ciel à punir,
Et j'ignore des noms qu'il me faudroit flétrir.
  Quelquefois les succès précédent la vengeance ;
Vils corrupteurs, tremblez : craignez la récompense ;
Louis, Louis enfin avoit ouvert les yeux :
Il vous connut avant de remonter aux cieux :
Détesta ses erreurs, les flatteurs sacrileges

Qui femoient près de lui le menfonge, & les piéges ;
Par qui la vérité captive loin de lui
Nous laiffa fi long-temps fans pere, & fans appui.
Mais s'il leur refte encor la vertu des coupables,
Laiffons à leurs remords ces flatteurs exécrables :
En contant leurs forfaits, en peignant leurs horreurs,
Du regne de LOUIS retraçons les malheurs :
Difons comment au calme a fuccédé l'orage,
Et comment fi long-temps caché fous le nuage,
Le Soleil s'eft éteint dans la nuit du Tombeau...
Les pleurs coupent ma voix.... arrofent mon pinceau.
Vérité, foutien moi ; je cede à l'infortune :
Contre tant de revers une ame non commune
Arma toujours LOUIS : donne pour les conter
La vertu que LOUIS mit à les fupporter.
Depuis un luftre entier le démon de la guerre
Des douceurs de la paix laiffoit jouir la Terre :
L'olive renaiffante a ranimé nos champs.
Le moiffonneur joyeux a repris fes accents.
Tout béniffoit LOUIS vainqueur de la victoire,
Dans le cœur de fon Peuple il avoit mis fa gloire.
Albion envia le bonheur des François :
Albion redouta les fruits de cette paix :
Un commerce étendu fur l'un & l'autre monde
Paroiffoit balancer fon empire fur l'onde ;
Une plus longue paix pourroit le lui ravir.
„ Aux armes de nouveau fans doute il faut courir.
„ Gardons-nous de laiffer croître cette puiffance,
„ Et s'armer contre nous du fein de l'abondance.
Mais de l'Europe alors le fyftême changé
Laiffoit peu d'efpérance à ce peuple effréné.
Trois fiecles avoient vu les fureurs de la guerre
Du Rhin à l'Eridan enfanglanter la Terre,
La moitié de l'Europe en proie aux bataillons

Repasser tour à tour des Césars aux Bourbons.
Ces siecles n'étoient plus : un Ange tutélaire
Avoit porté la paix sous leur vaste hémisphere.
Sur leurs vrais intérêts les yeux s'étoient ouverts,
Et pour jamais entr'eux la discorde est aux fers.
Que dis-je ! ils ne sont plus qu'une même famille...
O de Sémiramis auguste & digne fille ! ....
Sans doute alors, sans doute on préparoit ces nœuds,
Qui par toi, par Auguste ont fait un peuple heureux;
Mais pour l'autorité n'est-il que le tonnerre !
Ne peut-on respirer dans un coin de la terre !
Rois, devant qui le Ciel met la terre à genoux,
La paix ne sauroit-elle habiter parmi vous !
Ce que pour ses enfants enfin pourroit un pere,
Un Roi pour ses sujets ne peut-il donc le faire ?
   Ce pacte cimenté pour le commun bonheur
Ne fait que ranimer la jalouse fureur :
A ses yeux inquiets il blesse la *balance* ;
Concentre évidemment *la somme de puissance* ;
Par qui l'Ambition, tyran de l'univers,
Peut un jour à son gré mettre l'Europe aux fers.
Prétexte spécieux que saisit l'avarice :
Londre allarme Berlin, lui montre un précipice
Où bientôt son pouvoir alloit être englouti.
   Au sein des Arts alors Frédéric endormi
Sembloit paisiblement exercer son génie,
Et le rival de Mars cultivoit Uranie.
C'est dans lui qu'Albion a placé son espoir :
Sur le danger commun il le faut émouvoir.
   La puissance est toujours inquiete, & crédule :
Du palais de Pluton antique vestibule,
Loin des regards du jour est un temple fameux ;
Il fut bâti par un de nos premiers Aïeux,
Qui consacra l'autel par le sang de son frere :

Une lampe effrayante y jette sa lumiere :
D'encre, & de sang y coule un horrible ruisseau ;
Un long silence regne en ce vaste tombeau :
Près du Soupçon la Fraude est dans le sanctuaire ;
Là réside ce monstre à la dent meurtriere,
Au teint pâle, à l'œil louche, un front sombre, & flétri,
Ce monstre qui, *maigrit de l'embonpoint d'autrui*,
que l'orgueil enfanta.... l'implacable furie
Yvre de pleurs, de sang.... la détestable Envie.
Là, sa haine prudente ourdit les trahisons :
Elle aiguise le fer, & paîtrit les poisons.
Au milieu des serpents la Discorde sa fille
A rassemblé près d'elle une immense famille.
Mortels, qui vous eût cru si faux, & si pervers !
L'Envie a pour l'enfer dépeuplé l'univers :
Par elle est la vertu toujours persécutée :
Par elle est du Héros la statue insultée ;
Le mérite proscrit ; l'innocent déchiré.....
Regardez *l'homme noir* dans ce coin, retiré,
Exécrable instrument d'une cabale impie ;
Une plume à la main voyez la Calomnie
Recueillir ses arrêts, distiler son venin...
Jamais, jamais complot plus noir... plus inhumain
Grands Dieux ! pût-il sortir de la voute infernalle !
Contre le Trône même en secret il s'exhale.
O fille de Thérese ! épouse de mon Roi !
Mais près de ton époux que peut-il contre toi ?
Ton Epoux te connoît, & ton Epoux t'adore.
Sur son peuple que peut un monstre qu'il abhorre ?
Témoin de tes vertus, couvert de tes bienfaits
Il s'indigne du monstre, & méprise ses traits...
Qu'à se justifier Antoinette s'abaisse!...
En a-t-elle besoin?... ô foudre vengeresse!...
Tombe... dévore un monstre exécrable à jamais,

Et venge la vertu du plus grand des forfaits.
Seche, seche tes pleurs, digne Epouse d'Auguste,
Son Peuple, ainsi que lui, se pique d'être juste.
Antoinette le fut, Antoinette à nos yeux
Sera toujours un don de Thérese, & des Cieux.
Dans nos vastes jardins un Intendant de Flore
Quelquefois malgré lui voit la Cigue éclore.
L'air, qui l'entoure, en est bientôt impur, infect:
L'œil, ainsi que la main, recule à son aspect...
De l'Intendant la serpe attentive & soigneuse
Vient-elle d'arracher la plante venimeuse;
L'air n'a pu parcourir qu'un étroit horison,
Et le sol de la plante a pris tout son poison,
Tandis que du zéphir l'haleine carressante,
Porte au loin le parfum d'une rose naissante,
Et que sous un berceau frais & délicieux
Elle charme à la fois l'odorat & les yeux.
Ici voyez Séjan à côté de Tibére:
Il médite la mort d'un Héros, (1) & d'un frere,
Plus loin l'affreux Néron allume le flambeau,
Qui doit de Rome entiere éclairer le tombeau...
Quelle est de délateurs cette troupe sinistre!..
Je vois au milieu d'eux l'implacable Ministre;
Montmorenci par lui périt sur l'échafaud.
Quels autres délateurs se présentent plus haut?
D'Enguerrand, Samblancay, l'innocence est flétrie:
Au gibet l'un & l'autre ils ont perdu la vie.
De la Cour, de la Ville, enfin l'antre fatal
A de tout temps été l'Ecole & l'Arsenal,
Et de tout temps aussi l'Avarice & l'Envie
De la fiere Albion y forment le génie.
Par LOUIS en effet terrassé, confondu

(1) Drusus Germanicus.

Il rugit, il frémit de s'en voir abattu.
D'un vainqueur généreux sa superbe irritée
S'indigne d'une paix que LOUIS a dictée :
Quoi, dit-il, Albion sous le joug resteroit!
Quoi! Versailles sur Londre enfin l'emporteroit!
Qu'importe qu'une paix, que dicta la victoire
Au vainqueur en effet n'ait laissé que la gloire!
Quand George souscrivit un semblable traité
George du peuple Anglois blessa la *Majesté*.
Qui nous donna des loix, peut nous donner des chaînes.
Le temps auroit-il donc triomphé de ces haines,
Par qui le nom françois, aux plaines de Crécy,
Dans les champs de Poitiers, fut presque enséveli!
D'ailleurs, qui nous a dit que toujours la fortune
Laissera dans nos mains l'empire de Neptune?
Du sein de la victoire, & sur l'aile du vent
LOUIS n'oseroit-il s'emparer du Trident?
A l'ombre d'un repos cher à sa politique
Le Neptune françois embrasse l'Atlantique;
Des Antilles au Gange, & du Nord au Midi
Son commerce bientôt aura tout englouti.
Attendrons-nous qu'enfin le François nous terrasse
Et que du sein des mers sa marine nous chasse!
Prévenons, prévenons des malheurs trop certains;
Mais comment échapper à de tristes destins,
Si l'on ne détruit pas le pacte téméraire
Osé par le Germain, le François & l'Ibere,
Et par qui nos Tyrans unis & confondus
Peuvent traiter l'Europe en Maîtres absolus!
Déesse de ce Temple, inexorable Envie,
Remplis de tes conseils une fille chérie :
Albion par ma voix implore ton secours.
A peine le Génie eut fini son discours,
L'Avarice & l'Envie à l'instant l'embrasserent;
La Discorde applaudit, & ses serpents sifflerent.

La voûte retentit de ce tumulte affreux.
Le Génie en pâlit dans l'antre ténébreux ;
Et l'Envie en grinçant répond : » Vaste Génie ;
» Digne enfant d'Albion, reconnois ta patrie :
» Compte sur mes secours : pourrois-je abandonner
» Un pays que toujours on me vit gouverner.
» Des fougueux Orateurs & le principe & l'ame ;
» Je tonne à Westminster, & fais trembler Saint Jame.
» C'est moi qui de Cromwel dictai toutes les Loix ;
» Moi qui sur l'échafaud ai fait monter tes Rois ;
» Moi qui vengeai Talbot de Jeanne *la Sorciere*
» Pour avoir aux Anglois fait mordre la poussiere ;
» Avoir chassé Betfort, fait couronner son Roi ;
» Jusqu'en ton isle enfin avoir porté l'effroi.
» Dans *tes Chambres* toujours j'ai tenu mon école
» Toujours *au Cabinet* & dans la Métropole,
» J'ai par la politique & ton triple pouvoir
» De *l'opposition* inventé le devoir.
» Le pacte, que tu crains, ne pourroit que détruire
» Mon plus riche domaine & mon plus bel empire.
» D'Albion & de moi l'intérêt est commun,
» Et nous n'eûmes jamais moment plus opportun.
» Tu connois Frédéric, dont la valeur guerriere
» Si promptement, si loin recula sa frontiere,
» Vainqueur à Friedberg, Molevits & Czaslau,
» Qui fit trembler souvent & l'Elbe & la Moldau ;
» Ce philosophe Roi, redoutable génie,
» Favori tour à tour de Mars & d'Uranie ;
» Lui seul peut seconder notre vaste dessein :
» Londres ne trouvera son salut qu'à Berlin ;
» Ma fille, levez-vous, volez à tire d'aile,
» Conduisez d'Albion l'Emissaire fidele,
» Quand il en sera temps, je vous inspirerai.
La Discorde obéit : de serpents entouré,
Dans ses griffes soudain s'agite un caducée.

Avec son compagnon la Discorde élancée
Parcourt, comme un éclair, l'empire de la nuit.
Une bourse à la main l'Avarice la suit;
Dans le Palais bientôt l'ambassade est entrée.
Mars reposoit alors dans les bras de Morphée;
La Discorde l'éveille, il reconnoît la voix
Qui dans tous ses projets le servit tant de fois.
Il reconnoît aussi l'Ange de la Tamise.
Frédéric cependant veut feindre la surprise.
Des portes de l'Enfer, & du sein d'Albion,
Qui peut vous appeller dans cette région!
Ton intérêt, répond la fille de l'Envie,
Mon intérêt, celui d'une Puissance amie,
Qui prodiguant pour toi ses trésors & son sang,
Forma de ton pouvoir le Colosse effrayant.
Compare ton état, & ta splendeur premiere,
Mesure ton empire & celui de ton pere,
Vois tout ce que tu dois à de tels alliés.
Crois-tu donc voir long-temps tes Aigles *éployés*
Planer tranquillement aux champs de Silésie!
Sur ses revers enfin crois-tu Vienne endormie?
Des enfants d'Albion écoute l'Envoyé......
   D'un air tranquille & froid sur le coude appuyé,
Frédéric gravement sourit à la Déesse;
Ecoute l'Envoyé... » Grand Roi, le péril presse,
» Un pacte réunit les Bourbons, les Césars,
» Et leur sceptre sur nous pese de toutes parts.
» George n'en veut rien croire, & tout son ministere,
» Ne voit dans ce péril qu'un préjugé vulgaire,
» Mais Pitt, que nous payons, assure à Westminster
» Que la foudre sur nous va prévenir l'éclair.
» Enfin, s'il en est crû, tel est notre horoscope,
» Que Therese & Louis vont asservir l'Europe.
» Albion à genoux dans ce pressant danger,

„ Implore ton secours ; daigne nous protéger.
„ Grand Roi ; tout notre espoir dans ce moment de crise ;
„ Compte sur les vaisseaux, sur l'or de la Tamise,
„ Toi ; chez qui Mars toujours ignora le repos,
„ Ne vit que sous la tente, à l'ombre des drapeaux ;
„ Rallume ton tonnerre au feu de la vengeance ;
„ Détruis l'Hydre, foudroye une énorme Puissance ;
„ Et de THERESE enfin attaque les Etats.
„ S'il te faut des raisons, où n'en trouve tu pas ?
„ La Puissance sans frein, l'Europe *sans balance* ;
„ Ce joug, que nous prépare une triple alliance ;
„ En faut-il davantage.... & Frédéric armé
„ A donner des raisons est-il accoutumé ?
„ Comme on voit un Vautour qui fond sur la Colombe ;
„ Ou comme avant l'éclair le tonnerre qui tombe,
„ Ou bien tel qu'un torrent formé loin de nos yeux ;
„ Roulant, entraînant tout dans son cours orageux,
„ Sous un ciel calme & pur accouru des montagnes,
„ Surprend le Moissonneur, ravage ses campagnes,
„ Cours fondre sur THERESE aux champs de la Moldau ;
„ Tous les moments sont chers pour un projet si beau.
„ La lenteur ne pourroit que nous être funeste,
„ Sur-tout point de scrupule, & point de *manifeste*.
„ Du pacte les Tyrans nous ont-ils prévenus ?
„ Et ne tombions-nous pas sous des coups imprévus ?
„ Tandis qu'à Frédéric la victoire fidelle
„ Pour l'intérêt commun aux combats le rappelle ;
„ Et que ses légions conduites par leur Roi
„ Jusqu'aux portes de Vienne iront porter l'effroi ;
„ De nos ports élancé l'impétueux Neptune
„ Vengera sur LOUIS la querelle commune.
„ Le François dès long-temps brave dans ses foyers ;
„ Les antiques Vainqueurs de Crécy de Poitiers ;
„ Cet heureux temps n'est plus, où la France soumise
„ Venoit

» Venoit chercher des loix aux bords de la Tamise.
» Il ne nous reste plus que l'empire des mers.
» C'est-là qu'il faut punir LOUIS de nos revers.
» De l'Europe à genoux ce souverain arbitre
» Aux enfants d'Edouard n'a laissé qu'un vain titre.
Déesse si propice à mon ambition ;
Et vous digne Envoyé des enfants d'Albion ;
Vous dessillés mes yeux : retournés à Saint Jame ;
Et que George par vous se réveille & s'enflame.
Ainsi dit Frédéric, & par les champs de l'air
Le couple a regagné Saint Jame ; & Westminster.

Fin du premier Chant.

SECOND CHANT.

ARGUMENT.

VICTOIRES de Frédéric. Priſe de nos vaiſſeaux par les Anglois & hoſtilités ſans déclaration de guerre. Les Anglois battus à Haſtembek. Changement de Général de l'armée de France. Malheurs qui ont ſuivi ce changement. Batailles perdues par les François en Allemagne. Priſe de la Havane & du Canada. Commencement des troubles de religion en France. Mouvements, & marche de l'intrigue. Glycere choiſie pour maîtreſſe de LOUIS *XV.*

FRÉDÉRIC au milieu de ſes vieilles cohortes
Du temple de Bellone avoit ouvert les portes. . .
Quel délire, grands Dieux ! faſcina les eſprits ?
Sur des monceaux de morts, quoi l'héroiſme aſſis ?
A l'art d'enſanglanter quoi la gloire enchaînée ?
Et devant ſes bourreaux la terre proſternée ?
Pyrna (1) retarde envain la force, & la valeur :
La digue tombe, & cede au torrent deſtructeur.
Par Frédéric bientôt la Saxe eſt déſolée :
La Majeſté des Rois par un Roi violée.
Dans Dreſde, (2) qu'il emporte, il cherche des raiſons,
Et veut contre le pacte éclairer ſes ſoupçons. . . . .
Que vois-je ! ô Frédéric ! quoi ! l'Auguſte Amelie
Du ſoldat effrené craindroit la main impie ! . . .
On l'oſe menacer ! . . . du Nord le Salomon
Aux yeux de l'univers dégraderoit ſon nom !
On l'a noirci ſans doute : en effet qui peut croire
Ce ſacrilege abus des droits de la victoire ! . . .
De Pitt à Veſtminſter le tonnerre a grondé :

(1) Camp de Pyrna.
(2) Voir les Gazettes du temps.

Le pacifique George en tremblant a cédé :
Contre un pacte fatal Londre & Berlin se liguent :
A Frédéric armé les trésors se prodiguent :
Dans l'antre de Vulcain le fer est aiguisé,
L'arsenal de la mort est enfin épuisé.
Tel le Ciel sur la Terre à son courroux livrée
Déchaîne quelquefois les enfants de Borée.
Cependant Bourbon dort : il ne soupçonne pas
Le Volcan effroyable entr'ouvert sous ses pas.
La trompette de Mars a sonné les allarmes ;
Dans le sein de la paix tout le Nord est en armes :
Louis ne peut le croire : il est trop grand ... hélas !
Il eût tant épargné de pleurs & de trépas !
Louis ne voulut point reprendre le tonnerre.
(Quel exemple pour vous ô maîtres de la terre)
Trop fier, trop généreux, d'un ennemi jaloux
Voulut combler les torts, en attendre les coups.
Le Neptune françois dans l'un & l'autre monde
Fut pillé, fut chassé de l'empire de l'onde. . . .
Cependant Louis seul arrêta ses succès,
De son char de triomphe il te dicta la paix ;
Qui pouvoit de ses mains arracher la *balance*
Si son cœur n'avoit pas tempéré sa puissance ?
Quand il pût t'asservir, il sut te pardonner,
Et tu craignis des fers qu'il eût pû te donner ?
Anglois, qu'as-tu donc fait de cet orgueil superbe
Qui ne voit hors de toi que l'insecte sous l'herbe ?
De cet orgueil pour qui, *vil jouet du trépas*,
Les autres mortels *sont comme s'ils n'étoient pas* !
Ennemi généreux ! . . . ô généreux Athlete !
Sur Louis désarmé l'irruption est faite. . . .
Quel attentat ! . . grands Dieux ! . . sera-t-il impuni ?
Et le bras de Louis s'est-il donc raccourci ? . . .
Louis arme . . . à d'Estrée il remet son tonnerre :

La ſuperbe Albion devant lui mord la terre :
Albion fugitive une ſeconde fois
Au vainqueur à genoux eut demandé des loix :
Eût préféré les fers à l'abyme de l'onde :
Mais hélas ! à quel fil tient le deſtin du monde ?
Lui-même dans ſa Cour LOUIS a fomenté
Le germe des revers qui l'ont tant agité. . . .
Voyez-vous ce Mineur qui prépare la foudre :
Il traîne vers ce globe un long ſillon de poudre :
Le ſillon allumé, fumant avec l'éclair,
Gagne, enflamme le globe, & la Place eſt en l'air,
Voilà la Cour : jamais elle ne fut qu'un âtre,
Où l'intrigue toujours mine ſous ſon théatre,
Tel cherche a ſupplanter, qui lui-même ſurpris,
Tombe, & voit diſperſer ſa fortune en débris.
Le crime ſeul fournit ces ſcenes orageuſes :
Mais il ſe trouve encor des ames vertueuſes,
De ces cœurs droits, & francs, qui n'intriguent jamais,
Qui s'occupent du bien dans le ſein de la paix ;
Qui font tout leur devoir de la gloire du maître,
Trop heureux ſont les Rois qui ſavent les connoître.
Au vainqueur d'Haſtenbek on donne un ſucceſſeur ;
Mars même ne pourroit l'effacer en valeur,
Mais Minerve devoit éclairer ſa prudence.
Il eût briſé le piége, il eût ſervi la France :
Dans ſes ſuccès enfin par d'Eſtrée applanis
Il eût mieux de ſon Roi connu les ennemis.
Tous nos revers ſont nés du ſein de la victoire.
Là commence leur longue & déplorable hiſtoire.
O France ! . . . la victoire a quitté tes drapeaux :
Ton ombre ſemble errer de tombeaux en tombeaux.
Des champs de Fontenoy la gloire eſt altérée :
Que dis-je ! deux Héros, hélas ! l'ont enterrée
A Roſbak. . . . à Minden ! . . . à Crevelts ! . . . ô mon Roi ! . . .

Pere de tes Sujets!... quels jours! ... quels jours pour toi!...
Pour ton cœur paternel quelle affreuse amertume!...
Vainement en regrets ton grand cœur se consume.
Pour sauver tes Sujets ils vont être accablés,
La terre est délaissée, & les champs dépeuplés.
Et ton épargne enfin desséchant ton royaume
En a fait un cadavre, un squélette, un phantôme....
C'est trop peu des revers par LOUIS essuyés:
Une même infortune attend ses alliés.
A l'heureux Frédéric il n'est rien qui ne céde,
On le voit à la fois dans Prandnitz, & sous Dresde.
Là Daun est éludé; là Loudon est battu:
Nouveau César, il vient, il voit, il a vaincu.
Là le Tyran des mers subjugue dans sa course
Les enfants du Soleil, & les peuples de l'Ourse:
Au milieu des écueils, dans le sein de Bama,
Tout l'or du nouveau monde est pillé dans Cuba. (1)
Le Nord offre au tyran des conquêtes faciles. (2)
Tel Philippe, dit-on, savoit prendre des villes.
Peuple, de tes Tribuns aveugle Courtisan,
Qu'ils agitent toujours, & vendent si souvent,
Ennemi de tes Rois, tyran de tes Patrices,
Le tumulte & l'orgueil gouvernent tes comices:
Cependant tout paroît reconnoître ta loi.
C'est dans ton sein qu'il faut qu'on arme contre toi.
Si ces temps loin de nous se présentent encore,
Si ta prospérité n'en est qu'à son aurore,
Un sage te médite, & ses savantes mains
Sauront bien t'arracher l'urne de nos destins.
Des Césars, des Bourbons à la fortune en butte
Frédéric, Ferdinand, ont préparé la chute.

---

(1) Prise de la Havane & du Canada.
(2) Procès des Canadiens, accusés d'avoir vendu le Canada.

Ce n'étoit point assez des communs ennemis ;
De plus cruels encor vont fondre sur LOUIS.
Une guerre intestine agite son empire :
Le fanatisme enfin l'aveugle & le déchire.
LOUIS se doute peu qu'un démon à la fois
Attente sur ses jours, ainsi que sur nos loix.
Son cœur, grand, simple, droit, mais foible, mais crédule ;
Croyant servir son Dieu, sert le dieu de la Bulle,
Ce despotisme affreux, dont la férocité
Pour l'honneur des Autels vexe l'humanité.
De son Peuple long-temps le pere, & les délices,
LOUIS le gouverna sous les plus beaux auspices ;
Mais (la vérité seule est ma muse & ma loi)
Des foiblesses de l'homme il ternit un grand Roi.
De nos malheurs, hélas ! sa bonté fut la source ;
Tel du haut de son char le Soleil dans sa course,
Féconde la nature, anime nos coteaux ;
Mais il fait les poisons, s'il fait les végétaux,
Il nous donne un Ciel pur, il forme les nuages,
Il mûrit les moissons, il donne les orages.
Sous les loix de l'Hymen LOUIS long-temps heureux
Passa dans la vertu cet âge dangereux,
Qui des sens effrénés n'est qu'une longue yvresse :
Le Ciel bénit des jours filés par la sagesse ;
Et la fécondité d'un Hymen vertueux,
Reproduisant LOUIS vint combler tous nos vœux.
De ses sens la raison enchaîna les orages,
Et le meilleur des Rois fut mis au rang des sages :
Mais voit-on Artehuse au vaste sein des flots
Rouler, garder toujours le cristal de ses eaux !
Hélas ! grace à l'intrigue impie, & sacrilege
L'infortuné LOUIS n'apperçut pas le piége. . .
D'un Roi sans passion qu'espere un courtisan
Corrupteur politique ! infâme complaisant !

Envain pour la vertu sa grande ame étoit née,
Tu corrompis ses mœurs au sein de l'Hymenée.
Par toi l'amour impur vainquit le feu sacré,
Et par trente ans d'erreurs tu l'as déshonoré.
Dès long-temps tes projets, & sinistres, & vastes,
Sont, ainsi que ton nom, trop connus dans nos fastes,
Race de corrupteurs, de tyrans de nos Rois,
C'est toi qui les a mis au-dessus de nos loix;
Heureux, que contre-toi prenant notre défense,
Le frein de leur bonté contienne leur puissance,
Ou que du despotisme instruments quelquefois,
Du Citoyen enfin ils respectent les droits.
Ce rayon allumé dans le sein du tonnerre,
Même chez vous, ô Rois! l'ame tient à la terre;
Et (pour l'orgueil, hélas! triste réflexion)
Les Sujets & les Rois sont du même limon.
Deux esprits de tout temps ont gouverné le monde,
Et furent les pivots de la machine ronde,
L'Intérêt & l'Orgueil; c'est sur-tout dans les cours
Qu'ils tiennent leur empire, & qu'ils regnent toujours;
Ils flétrissent la gloire; ils corrompent les sages:
L'Envie, & la Beauté, l'Amour sont à leurs gages.
Bas flatteurs, on les voit caresser, & ramper.
Leur science est de feindre, & leur art de tromper.
Le mérite est toujours leur dupe, ou leur victime;
Et la cabale impie ou l'écarte, ou l'opprime.
C'est par eux que LOUIS dès long-temps s'oublia,
Et que d'un regne heureux la gloire s'éclipsa.
L'Amour, non pas celui de l'antique Idalie,
Près du palais des Rois, à côté de l'Envie,
Eut, dit-on, dès long-temps un temple redouté.
L'Orgueil le sceptre en main dicte sa volonté.
Cependant autrefois sous la tendre Diane
L'Amour y soupira comme dans la cabane:

Jusques dans son automne enchaîna les Valois;
Il fit chérir son joug, & regretter ses loix.
Des Henris le plus grand y pleure Gabrielle.
Près de lui la Valliere y pleure un infidelle,
Sacrifie à son Dieu l'amant qu'elle a perdu,
Et gémit du remords qui lui rend sa vertu...
Qu'est devenu l'amour!... sous des voûtes dorées
De superbes beautés sur des roses couchées;
Le caprice & l'orgueil jouants la *Majesté*,
L'intérêt remplaçant la tendre volupté,
Trafiquant sans pudeur de l'empire des charmes;
Faussetés, trahisons, soupçons, craintes, allarmes,
Sont au palais des Rois tout ce qu'il est resté.
Le véritable amour enfin a déserté.....
Je me trompe: on l'y voit pour deux époux fideles;
Sous le joug de l'Hymen il a perdu ses aîles...
Qui doute que Louis, vils corrupteurs, sans vous,
N'eut cessé de jouir d'un destin aussi doux!
Sans vous, toujours grand Roi, bon époux, & bon pere,
Le sommeil de la paix eut fermé sa paupiere.
Dieu qui donnes les Rois, Dieu, qui fais nos destins,
Le flatteur corrompit le meilleur des humains.
O pour son successeur quelle leçon terrible!
Fais qu'Auguste toujours soit pur, incorruptible;
Que la vérité crie à l'oreille des Rois:
» Votre puissance n'est que l'empire des loix:
» En imitant celui dont vous êtes l'ouvrage,
» De la Divinité soyez la vive image.
» De la terre en effet si les Rois sont les dieux,
» C'est en sachant régner sur des sujets heureux.
Mais que vois-je! Déja le vertueux Auguste
Sçait qu'il n'est de bonheur que sous un Prince juste.
Sa grande ame le guide: il voit avec horreur
Le perfide intriguant, le lâche adulateur.

Cette peste des Cours a fui loin de son Trône.
La vertu seule enfin aujourd'hui l'environne.
C'est ainsi que l'on voit dans ces tristes climats,
Où l'air porte à la fois la vie & le trépas,
Un vent propice, & frais chasser de ce fluide
De la corruption le principe homicide,
Et ramenant enfin la joie & la santé,
Rendre au Ciel son asur avec sa pureté.

Reprenons de LOUIS la déplorable Histoire.
On le sut attaquer dans le sein de la gloire :
Par l'uniformité l'on provoque l'ennui.
L'Hymen même, dit-on, est armé contre lui ;
Instrument de l'intrigue, une Epouse crédule,
Aux droits de l'hyménée oppose le scrupule :
C'est-là que l'attendoit un démon ennemi.
LOUIS voyoit encor des printemps devant lui :
Contre Hymen refusant d'annoblir la nature,
On révolta des sens l'impérieux murmure,
Et l'Intrigue puisant au carquois de l'Amour,
L'Hymen fut par l'Intrigue éconduit à son tour.

» Vous êtes jeune & Roi.... Quelle monotonie
» Semble attrister le cours d'une si belle vie ?
» Pour n'avoir pas vécu dans cet obscur repos,
» VALOIS, HENRY, LOUIS, sont-ils moins des Héros ?
» Soumettrez-vous le Trône au préjugé vulgaire
» Qui ne permet l'amour que *pardevant Notaire* ?
» Si l'Hymen scrupuleux dédaigne vos printemps,
» *La Maîtresse* est un faste établi dès long-temps.
» Peut-il s'effaroucher !... Croyez qu'aux Rois tout céde.
» De l'ennui conjugal l'amour est le remede :
» Prenez une Maîtresse, & *jettez le mouchoir* :
» Jusqu'aux plaisirs du Maître ici tout est devoir.
» Dans quelle Cour un Roi trouva-t-il des cruelles !
» Sur le *Tabouret* même on trouvera des belles

» Jalouſes de l'honneur d'enchaîner un grand Roi :
» Ma Fille...... elle t'entend, & recule d'effroi.
O Fille vertueuſe !... à cet indigne Pere
Qui ne t'a vu rougir de devoir la lumiere !
Tu déteſtes un air qu'il rend contagieux.
L'Epoux qui t'adoroit, pleure & te rend aux Cieux.
Cependant LOUIS cede, & ſa vertu s'altere :
D'un cœur qui lui peſoit, il cherche à ſe défaire.
Il s'en défait enfin : un reſte de pudeur
Défend encore en lui l'hymenée & l'honneur,
Et retient quelque temps cet illuſtre transfuge,
Bientôt le maſque tombe, & l'Univers le juge.
Mais de ſes Rois toujours un Peuple adorateur,
Ne voit qu'une foibleſſe, une éclipſe, une erreur.
Sans doute à la vertu ſon heureux caractere
Saura le ramener, & ſon peuple l'eſpere ;
Et LOUIS eſt toujours *Louis le bien-aimé.*
Mais ſur ſa tête hélas ! l'abyme étoit fermé.
L'infortuné LOUIS avoit goûté le crime :
La main, qui l'y plongea, le retint dans l'abyme,
Et toujours atiſant le feu de ſes deſirs,
L'amour le promena de plaiſirs en plaiſirs.
Cependant juſqu'alors ſes amoureux caprices
Ne l'ont point dégradé par le choix des complices ;
Si quelquefois LOUIS ſur le Trône s'endort,
Du ſein des voluptés il ſait régner encor,
Et l'adroit corrupteur, qui l'avoit ſu ſéduire,
Lorgnoit timidement les rênes de l'empire.
Mais le Monſtre bientôt marche à front découvert,
Son Maître faſciné l'encourage & le ſert....
Avoir pu le corrompre étoit beaucoup ſans doute ;
Et c'étoit vers ſon but s'être ouvert une route.
Mais de l'ambition les deſirs ſont ardents,
Dans ſa marche rapide elle craint tout du temps.
Dans un rang élevé des Maîtreſſes choiſies

A l'intrigue aisément n'étoient point asservies..
L'égalité gênoit : on manœuvroit envain :
Le rebelle instrument résistoit à la main.
Souvent pour soi l'on vit régner une Maîtresse :
Souvent du Courtisan la prudente souplesse
Avoit frémi tout bas d'en attendre un coup d'œil.
Un rang moins élevé prétend à moins d'orgueil.
Cherchons, cherchons, dit-il, dans l'ordre subalterne
Une beauté par qui notre parti gouverne,
Un objet qui sans nom, sans appui, sans entours,
Ne puisse nous braver dans le sein des amours,
Qui nous devant enfin son triomphe & son être,
Serve nos passions près d'un aveugle Maître.
Le Messager des Dieux court, s'agite sans fin,
Au Palais de Plutus, dans l'ordre publicain;
L'infatigable agent dans sa course empressée,
Fait du sceptre de Mars un brillant Caducée;
Vole : on le voit par-tout. L'oiseau de Jupiter
Est aux plaines du Ciel moins rapide & moins fier.
L'Amour d'une beauté, déja mâle & robuste,
Sous le plus simple toît avoit taillé le buste.
Sur les pas de la mere elle vole à Paris.
Le gros Plutus la voit, & Plutus est épris.
La nature est bientôt par les arts dégrossie;
Les graces, les talents l'ont bientôt embellie.
Cithere n'eut jamais d'objet plus accompli :
Mais le Dieu qui la fit en fut mal accueilli.
La vertu ne connoît qu'un lien légitime,
Une bourse à la main vainement on s'exprime.
C'est un Epoux qu'on veut : le gros Plutus enfin
Désespéré d'amour, s'offre : on reçoit sa main.
Dans un char de Plutus l'Héroïne est traînée.
Par le Dieu de l'Hymen Venus est promenée....
Qu'espere-tu d'un cœur qui ne s'est pas donné!
Et quel destin t'attend! Epoux infortuné!...

Dans ton Palais bientôt le Courtisan foisonne :
Dans le champ de l'Hymen l'Amour bientôt moissonne.
Près des humbles Mortels les Dieux sont sans façon ;
Et ta Femme sera celle d'Amphitrion.
Glycere étoit alors entre ces mains savantes,
Du Messager des Dieux intrépides agentes,
Qui parent la beauté, *dégament* les jaloux,
Rançonnent les Amants, & trompent les Epoux.
D'or sur elles on verse une abondante pluie :
La Tour de Danaé s'ouvre devant Sosie.
La toilette s'achève, & graces à leurs soins
Glycere avec Sosie est bientôt sans témoins.
Le Messager l'étonne, elle est toute interdite :
Devoit-elle s'attendre à semblable visite ?
Beauté, qui prodiguez dans cet heureux séjour
Sur le front de l'Hymen les myrthes de l'Amour ;
Beauté, qui de l'odeur d'une vertu sévere
Parfumâtes toujours ce profâne hémisphere,
S'ils veulent avec vous partager leurs Autels,
Traiterez-vous les Dieux, ainsi que les Mortels ?
Près de vous Jupiter aujourd'hui m'expédie :
Verrai-je d'un refus ma mission flétrie !
Quand pour vous de l'amour il sent tout le pouvoir,
Songez que la vertu cesse d'être un devoir :
A vos genoux par moi votre Maître soupire :
Ouvrez, ouvrez les yeux sur un nouvel empire.
Sachez que sur Louis l'Amour vous fait régner ;
Déja même pour vous on le voit dédaigner
Cent Beautés de sa Cour, qui briguoient ses caresses :
Voyez pleuvoir sur vous, rangs, dignités, richesses.
L'Urne de la faveur, que dis-je ! dans vos mains
Le sceptre vous rendra l'arbitre des humains.
Vous verrez accourir de superbes Rivalles,
Briguer, non par honneur de marcher vos égalles,
Mais celui d'un regard, d'un sourire, un coup d'œil,

A vos genoux enfin enchaîner leur orgueil,
Prévenir vos desirs, & par d'adroits services
Ménager à l'Amour ces quarts-d'heure propices,
Qui loin des importuns, des sots & des jaloux,
Font des plaisirs si vifs, & des moments si doux....
Vous ne répondez rien !.... Cette pudeur sans doute
A vos droits sur mon Maître à mes yeux même ajoute.
Ce silence modeste est un timide aveu,
Que dans vos bras LOUIS sera bientôt un Dieu,
Et je cours de ce pas lui porter la nouvelle,
Le Messager déloge, & vole à tire d'aîle....
  Au milieu de ses sens incertains, interdits,
Glycere flotte encore; elle n'a rien promis.
En faveur d'un Epoux elle sent du scrupule.
L'ambition appelle, & la vertu recule.
  Sous les loix de l'Hymen, je ne suis pas à moi.....
Oui..... Mais ne suis-je pas sujette de mon Roi ?
Peut-on !.... même doit-on résister à son Maître ?...
Dans ce flux & reflux je ne peux me connoître,
Cherchons du moins quelqu'un qui fixe nos esprits.
  Dans le même Palais, sous le même lambris
Elle consulte...... Qui ! de son Epoux lui-même
Un parent, qui bientôt lui résoud le problême.
  Glycere, lui dit-il, ton sort est dans tes mains,
Ne te refuse pas à d'illustres destins:
Quand le Maître a parlé, l'intérêt, la prudence
Ne laissent de parti que dans l'obéissance.
Sur-tout pour un Epoux point de scrupule vain,
Garde-toi de rester en un si beau chemin......
Hymen peut-être un peu boudera de sa chance,
Mais Hymen portera des cornes d'abondance.
Va, crois-moi; ton Epoux saura te consoler.
Plutus se piquera toujours d'accumuler.
Une savante Mere a fait ton horoscope :
Tu devois attirer les regards de l'Europe.

Pas à pas en effet observe ton destin :
La fortune toujours te mena par la main.
Les champs sous la cabane ont vu naître tes peres ;
Ils nourrissoient Apis de leurs mains mercénaires :
De son sang à Paris ils se sont engraissés,
Et dans le monde enfin ils se sont élancés.
Bref, *au Fermier* on vit appartenir la Mere ;
La Fille rougiroit d'être au *Propriétaire* !
Crois-tu donc que ce soit pour la premiere fois
Que l'Amour dans les champs recrute pour les Rois ?
  Frédégonde..... Babon..... tant d'autres dont l'histoire
Aux fastes de l'Amour inscrivit la mémoire.....
Que dis-je ! mieux que toi, qui peut savoir cela ?
Mieux que toi, dont l'esprit toujours nous étonna ?
Qu'en ta marche rapide on ne peut jamais suivre ?
Brillant comme un Soleil & parlant comme un Livre.
Que peux-tu craindre enfin, lorsque dans tous les temps
L'Amour & la Beauté rapprocherent les rangs !
  Glycere en l'écoutant levoit un œil timide.
Le conseil l'a séduit, & le ton la décide.
» Sur ma gloire, l'honneur & les droits d'un Epoux
» Cher parent, je m'en fie aveuglément à vous.
» Que d'un Maître, d'un Roi la volonté soit faite
» Et disposez pour lui de son humble sujette.
  Le lâche Conseiller l'embrasse, & s'applaudit.
Le Messager des Dieux du succès est instruit.
En Diane bientôt Glycere est travestie.
Elle rougit & pleure..... & la voilà partie.....
Louis, qui poursuivoit les hôtes dans nos bois,
La voit, l'Amour bientôt épuise son carquois.
On se parle des yeux : déja l'espoir enivre :
On se dérobe... Enfin la victime se livre.
  Du Courtisan malin tous les yeux sont ouverts :
L'Intrigue espere tout : Louis a pris des fers.

Fin du second Chant.

TROISIEME CHANT.

ARGUMENT.

PROGRÈS des troubles de religion. Histoire de la Bulle. Maux qu'elle a produits. Prophétie de Melchior Canus sur la société. Origine de la société. Ses progrès, sa puissance, sa morale, sa doctrine, sa conduite. Exil du Parlement de Paris. Assassinat de LOUIS *XV par Damien. Rappel du Parlement. Supplice de Damien. Accroissement de la Famille royale. Naissance* D'AUGUSTE, *des Comtes de Provence & d'Artois. Mort héroïque du Dauphin pere* D'AUGUSTE *Naissance & éducation de la Reine femme* D'AUGUSTE. *Idée & image de la France à l'ouverture du regne* D'AUGUSTE.

LOUIS ne goûta point le sommeil de l'ivresse.
Le poison corrompit la coupe enchanteresse :
Hélas ! il éprouva dans son cœur combattu
Qu'on ne peut être heureux qu'au sein de la vertu.
O des vils corrupteurs forfait inexpiable !
De revers & de maux quel abyme effroyable ?
Muse, quel affligeant, quel horrible tableau !
Tu recules .... je sens chanceler ton pinceau....
Monstre couvert de sang, je te vois, Fanatisme :
Un bandeau sur les yeux tu sers le Despotisme.
Tu médites la mort à l'ombre des Autels,
En invoquant le Ciel, égorges les mortels.
Sainte Religion, Vierge auguste, & sacrée !
Au céleste séjour t'es tu donc retirée !
Où pourquoi donc, pourquoi, grace au monstre inhumain,
La liste des proscrits, & le glaive à la main,
D'un Peuple malheureux comble tu l'infortune !...
L'orage nous agite, & le frein l'importune...

Non : ne blaſphémons point cette fille du Ciel ;
Jamais, jamais le ſang ne ſouilla ſon Autel ;
Mais ſous ſon nom ſacré deux fléaux de la Terre,
Deux monſtres dès long-temps nous ont livré la guerre ;
La ſuperſtition, eſclave de l'erreur ;
Le Deſpotiſme aveugle, ennemi deſtructeur.
Dans ces murs ſi fameux, d'où la Reine du monde
Diſtribua ſes fers ſur la terre & ſur l'onde,
Les temps ont diſperſé les cendres des Céſars :
La gloire a déſerté ces ſuperbes remparts ;
Ce n'eſt plus Rome enfin qui porte le tonnerre,
Mais c'eſt Rome toujours qui commande à la Terre.
On n'y voit plus ce temple aux cent portes d'Airain ;
Et d'où Mars s'élançoit ſes foudres à la main ;
Mais on y voit ce temple où par la politique
Rome ſur l'univers fut toujours deſpotique.
On n'y craint plus Céſar avec ſes légions,
Mais on y craint & Sixte, & ſes opinions.
Soit le pouvoir des temps, ſoit les ſanglants délires ;
Un torrent inviſible entraîna les empires,
Et laiſſa des débris, où l'on ne connoît plus
Ni les Peuples vainqueurs, ni les Peuples vaincus.
Un Roi, qui le croiroit ! aſſis ſur ces décombres,
Gouverne l'univers, & l'empire des ombres :
Roi des Rois, il en eſt la terreur & l'appui.
Le Monde des Céſars eſt trop étroit pour lui.
Une nouvelle Terre à peine encore écloſe
Raſſemble ſous ſes loix le Tibre, & le Potoſe.
Plus d'un Trône briſé ſignala ſon pouvoir.
Le ſceptre dès-long-temps plia ſous l'encenſoir.
Au Vatican enfin eſt un nouveau tonnerre,
Et le ſceptre du globe eſt dans les mains de Pierre.
Des Héros l'ont porté ; Benoît, Ganganelli,
Mais Sixte, & Borgia le porterent auſſi.

LOUIS

Louis vivoit encor, quarante ans de conquêtes
N'avoient pû de son Trône écarter les tempêtes.
Si long-temps favori de Mars & des Amours,
Dans le sein des revers il termina ses jours.
Malheureux & mourant; il fut foible, & crédule:
Louis ne jetta plus qu'un triste crépuscule;
Et sous le nom sacré de la religion
Du fer du despotisme arma l'ambition.
Loyola, le Tellier à l'envi le jouérent:
Une Bulle à la main ils le purifiérent.
Sire, de votre état c'est le Palladium.
Un Prélat cependant portant le Pallium
Se révolta, tonna contre l'affreux diptôme:
On ne l'en vit pas moins parcourir le Royaume;
Répandre le désordre, & la combustion;
Et mettre tout l'Etat sous la proscription.
Les noirs suppots d'Ignace à l'ombre l'enfantérent.
L'intérêt, & l'Intrigue à Rome l'appuyérent:
La discorde le lut, & Rome l'adopta.
Timothée (1) *en sandale* à Louis l'apporta.
Dans l'empire des Francs il est un code antique:
Un Monarque absolu, mais non pas despotique,
Le gouverna toujours sous l'égide des loix:
Sans s'asseoir avec lui, sans partager ses droits;
Né même avec Clovis, un Tribunal l'éclaire:
Il ne fait pas les loix; mais il les délibére.
Il n'est point le rival, n'y le censeur des Rois:
Il combattit, vainquit pour eux plus d'une fois...
Obéissance aveugle!... effroyable doctrine!...
Au despotisme seul tu dois ton origine:
La loi pour se mûrir repose dans son sein.

---

(1) Un Capucin Evêque de Beryle in-partibus.

Celle des tyrans ſeuls parle un glaive à la main.
Chargé de s'oppoſer à toute loi ſiniſtre,
Il n'eſt que l'œil des Rois ; & le frein du Miniſtre :
A ſes Rois ; que l'on ſut ſi ſouvent irriter,
C'eſt toujours à genoux qu'on le vit réſiſter.
Fidelle à ſes devoirs ; (quoiqu'en diſe l'Envie)
Il les remplit toujours, & jamais il n'oublie
Que même dans l'abus du ſouverain pouvoir
Remontrer eſt ſon droit, *obéir*, ſon devoir.
Le décret, qu'apporta le diſciple d'Aſſiſe,
Conſternoit à la fois, & l'Etat & l'Egliſe.
Du Trône même enfin il attaquoit les droits . .
Le Sénat courageux oſe élever ſa voix,
LOUIS ferme l'oreille ; & le Prince crédule,
Rejette ſon Sénat, fait triompher la Bulle.
Enfants de Loyola quelle moiſſon pour vous !
Et combien d'opprimés vont tomber ſous vos coups ! . . .
Sur la France livrée à l'Ange des tempêtes
Vous porterez la foudre, & marquerez les têtes.
Déſormais rien ſans vous... que par vous.... vos Recteurs
Dicteront à leur gré la liſte des faveurs,
Et contre tout Sujet, Prêtre, Laic, Pontife,
Vous pourrez diſpoſer de l'*infernalle griffe.*
Mais du Ciel juſte enfin la vengeance à pas lents
S'avance contre vous . . . nous les verrons, ces temps :
Dans le deuil de la mort ils changeront vos fêtes ;
Et qui ſeme des vents, moiſſonne des tempêtes.
Monſtre ſociété, fléau des Souverains,
Le ſage Melchior a prédit tes deſtins.
L'humilité parut te donner la naiſſance,
Mais l'orgueil, du ſerpent te donna la prudence :
Reptile comme lui, tu rampes avec art ;
Plus loin de ton berceau, tu deviens un Renard :

Ton cercle s'élargit ; l'aſtuce, la fineſſe,
Ame de tes conſeils, font toute ta ſageſſe.
Les griffes du Lion dans ta maturité
Arment & ton orgueil, & ta rapacité.
Tu ne feras un jour qu'un Chien ; non de l'eſpece,
Qui ſert à nos plaiſirs ; où qu'Aminte careſſe,
Qui ſauva ce Romain luttant contre la mort,
Et ſut, nageant ſous lui, le ramener au port ;
Mais ce Chien redouté, qu'un mal affreux conſume ;
Qui va traînant par-tout ſa rage, & ſon écume :
Mais ce vil *Laridon* honni du Cuiſinier ;
Mais ce mâtin rogneux mourant ſur un fumier.
Ce dernier période eſt loin de nous encore :
Des portes du Couchant, aux portes de l'Aurore ;
Ta ſourde politique établiſſant tes loix
Séduit, trompe, combat, aſſaſſine les Rois.

Oſons-nous approcher d'un horrible myſtere ;
Et de ta politique ouvrons le Sanctuaire :
Malgré moi je frémis ; mes genoux incertains
Tremblent devant ce temple où tu fuis les deſtins.

Quelquefois nous voyons au ſein des forêts ſombres
Le flambeau de la nuit en éclairer les ombres :
Dans ce vaſte ſilence une ſecrette horreur
Pénetre malgré nous, & reſſerre le cœur.
De phantômes divers la vue eſt effrayée ;
Ou de dangers réels notre ame eſt agitée :
Nous voyons à la fois dans ce trouble des ſens,
Lémures, aſſaſſins, & monſtres dévorants.
L'ame en reſte long-temps effrayée, interdite ;
Et du ſeul ſouvenir le cœur encor palpite. . . . .

Le cœur non moins ſerré, j'entre dans l'antre affreux
Où Loyola raſſemble un ſanhédrin nombreux :
J'avance en friſſonnant : . . de viſibles ténebres
N'offrent à mes regards que des objets funebres.

Dans ce vaste réduit je vois au loin épars ;
Tapis sous leur bonnet, de livides vieillards.
Leur sang est imprégné de souffre, de bitume.
Une plume à la main cet essaim se consume.
Je vois sur un Autel la Coupe, le poignard.
Oldécorne, Garnier, Busenbaum, Guignard,
Méditent des leçons dans l'art du parricide ?
Un casque sur le front ce démon homicide
Contre des Souverains se dispose aux combats.
L'autre lit *son Courier*, & calcule tout bas.
Mais quel autre Démon, que ce groupe environne ?
Il porte de Pluton les cornes, la couronne.
Il est sur une Estrade *au milieu des fagots*
Omnimode à genoux lui baise les ergots. . .
Ah !... c'est le Souverain de ce terrible empire,
Où cent griffes sous lui ne cessent pas d'écrire.
Un bandeau sur les yeux, d'un air tranquille & gai
Ses Edits sont reçus de Rome au Paraguai.
Tel ce fameux Despote, armé de son tonnerre
Du haut de sa montagne épouvantoit la Terre,
Et par l'obéissance, arbitres de leur sort
A des Rois à son gré faisoit porter la mort.
La foudre étoit moins prompte, & l'éclair moins rapide
Que le fer dans les mains du Ministre intrépide.
Sortons de cet Enfer ; mes esprits consternés
De l'essaim des démons contre nous déchaînés,
Au seul recit encor d'épouvante frissonnent. . . . .
Que vois-je tout à coup !... & quels objets m'étonnent !...
La frayeur m'agitoit : le calme est dans mes sens.
Une Syrene fait entendre ses accens ;
La tendre volupté dans mes veines s'allume : . . .
Pere de la discorde, il avoit son costume :
Le monstre est transmué . . . sa couronne est de fleurs ;
Sa bouche du parfum exhale les odeurs :

Prodigue & bienfaisant, à son cœur rien ne coute.
Des cieux il applanit, il élargit la route.
De l'homme, Dieu ne voit que la fragilité ;
Sa justice toujours consulte sa bonté.
L'ame, qu'il renferma dans un vase d'argile,
Quand ce vase est brisé, retourne à son asyle.
A l'ombre des Autels, au sein des voluptés,
La Cadiere, & Girard se sont sanctifiés ;
Ne les blasphémés point ; apprenez ô prophanes
Qu'on céde innocemment au poids de ses organes,
Du sein du crime on peut s'en voler dans les Cieux ;
Qui désire de l'être est déja vertueux.
Des enfants de la Bulle, ô morale divine !
Ou plutôt de Satan effroyable doctrine ! . . .
Quel gouffre sous nos pas ont creusé tes auteurs ? . . .
Quelle foule de maux ! . . . quel torrent de fureurs ! . . .
Je vois tout renversé dans l'Etat, dans l'Eglise.
Ils touchent l'un & l'autre à leur moment de crise,
Et ce funeste choc des deux autorités
N'est qu'un flux & reflux de contrariétés.
Ici ce Prêtre expire ; & l'on prive ce Prêtre
D'un Dieu que sur l'Autel mille fois il fit naître :
Là l'Ange de Thémis (à son insçu souvent)
Veut arracher ce Dieu sous le nom d'un mourant,
Qui par sa piété scandalisant la Terre,
Au nom d'un Dieu de paix fait déclarer la guerre.
Dans ce choc éternel, au milieu des combats
Qui pourroit de LOUIS se peindre l'embarras ?
Un fonds de piété vers l'Eglise l'entraîne :
Mais d'un peuple qu'il aime, il forgeroit la chaîne,
Et bientôt il verroit du pouvoir monacal
Dans ses tristes Etats le sanglant Tribunal.
Il craint le schisme : envain une tendre prudence
Veut imposer le joug, & le frein du silence.

Le schisme impatient n'est comptable qu'aux Cieux.
Le schisme leve enfin un front séditieux...
  Hélas ! comment Louis avec un cœur de pere
A-t-il de ses Sujets pu combler la misere ?
  Par les mains de l'Eglise il renverse l'Etat ;
Il éconduit Thémis, disperse son Sénat,
Et du François l'honneur, la fortune, la vie,
Vont essuyer des Loix la funeste anarchie.
  Cependant en pleurant, Louis nous immola.
Le sceptre va tomber des mains de Loyola :
Il le craint ; il le sait, il n'en fait plus de doute.
Comment parer le coup !... Mais quel crime lui coute !...
  „ Pour son peuple Louis fut toujours contre nous,
„ Perdons qui peut nous perdre, & prevenons ses coups.
„ Que sur-tout il ne puisse assurer ses victimes.
„ Cherchons un Ravaillac..... Des éternels abymes.
Il évoque à l'instant le plus noir des démons,
Qui dans le parricide a reçu des leçons.
  Prend, dit-il ce poignard, cours, vole, & sois au Louvre,
Au moment où la nuit de son voile nous couvre :
Veille près de Louis.... suis, observe ses pas.
S'il le faut affronter.... affronte le trépas....
Au milieu de la garde attaque.... qu'il expire ;
Le ciel veut bien t'offrir la palme du martyre,
Et laver dans ton sang pour sa cause versé,
Tes crimes contre un Dieu tant de fois offensé.
  Le démon se prosterne, & sa main homicide
Reçoit de Loyola l'instrument parricide.
Le démon par le ciel se croit illuminé :
Il attend tout du ciel dont il est l'Envoyé.
Il vole...... Il a frappé..... Le monstre est immobile,
On le saisit : le front toujours calme & tranquille,
Il nargue le courroux, les fureurs, les tourments.
  O crime inexpiable !... ô douloureux moments !...

Ils ſont affreux ſans doute ; au ciel la France entiere
Une ſeconde fois vient demander ſon pere,
Et l'adorant toujours, même dans ſon courroux,
Au ſein de la douleur elle oublia ſes coups.
Du monſtre cependant l'eſpérance eſt trompée.
Le coup n'eſt pas mortel : la France eſt raſſurée :
Le bandeau tombe enfin, & la vérité luit.
Vainement ont voulu dans l'ombre de la nuit
Se cacher les auteurs du complot parricide:
Par qui vit-on toujours prêcher le Régicide ?
Qui priva les François du plus grand des Henris !
Eh ! qui mieux que Lisbonne éclairera Paris ?
Ton vengeur, ô mon Roi ! c'eſt ton Sénat fidelle....
Ta juſte confiance auſſi-tôt le rappelle :
L'exécrable Damien à ſes regards livré
Des ombres du miſtere eſt envain entouré.
Dans toute ſa carriere on a ſaiſi ſa trace :
Il fut endoctriné par les Enfants d'Ignace.
Par eux cette ame fut (pour l'intérêt du ciel)
Dès long-temps détrempée & de boue, & de fiel.
Il eſt, il eſt un temps pour la peine du crime.
Et la vengeance enfin atteindra ſa victime.
J'en accepte l'augure, & le temps eſt prochain.
Cependant au ſupplice on conduit l'aſſaſſin.
Au plus grand des forfaits un châtiment terrible...
Mais tirons le rideau ſur cette ſcene horrible.
O peuple, qui toujours idolâtras tes Rois,
Quels monſtres dans ton ſein reproduit tant de fois !
De la Société Défenſeurs intrépides,
Dites-nous donc pourquoi les monſtres parricides
N'ont attaqué les Rois que depuis ſon berceau.
O vous, qui de Sion conduiſez le troupeau,
Vous chez qui la vertu, la nobleſſe eſt tranſmiſe,
Objets de nos reſpects, Colonnes de l'Egliſe,

Quelle erreur vous aveugle & produit vos regrets ?
Consultez votre honneur, vos droits, vos intérêts.
Combien l'Episcopat a-t-il reçu d'outrages ?...
Combien dans votre sein ont fermenté d'orages !
A qui les devez-vous ?... aux monstres inhumains...
Leur orgueil vous croit tous l'ouvrage de leurs mains.
Ricci seul du salut veut conduire la barque.
De ses enfants, de vous il se croit le Monarque....
Imitez votre Maître, & son juste courroux
Contre l'hydre effroyable affermissez ses coups.
Muse, quel champ d'horreur, quelle affreuse carriere
Viens-tu de parcourir dans ta course severe !
N'est-il donc plus d'espoir ! Le céleste courroux
Sera-t-il donc toujours allumé contre nous ?
Les torrents destructeurs descendants des montagnes
Ravagent-ils toujours nos fertiles compagnes ?
Quelque fois le soleil ne console-t-il pas
La nature attristée au milieu des frimats ?...
La tige des Bourbons par LOUIS provignée
Avoit comblé les vœux de son chaste hymenée.
Les graces, les vertus dans sa brillante Cour,
Près d'un Auguste frere avoient fait leur séjour.
Mais hélas ! les vertus, qui formoient le Monarque,
Ne purent l'affranchir du Ciseau de la Parque.
Il véçut en grand Prince, il mourut en Héros.
Il avoit déja vu des précieux rameaux
De lui-même sortis, le premier disparoître :
Auguste dans le Ciel étoit écrit pour Maître.
Ses généreuses mains devoient sécher nos pleurs ;
Il devoit, de la France arrêtant les malheurs,
Pratiquer des leçons transmises par son pere.
Ciel, peux-tu trop hâter un don si salutaire ?
Voilà donc de LOUIS ce rejetton nouveau.
L'espérance & la joie entourent son berçeau.

Ce n'eſt point en fureur Mars lançant le tonnerre,
C'eſt la voix de l'amour dont retentit la terre.
Puiſſe-t-elle ſouvent encore en retentir....
Ciel, ſenſible à nos vœux, tu daignes les remplir.
Sur les marches du Trône, & d'Artois & Provence
Dès le berceau placés, tranquilliſent la France.
Que jamais (ce vœu même eſt écrit dans leurs cœurs)
De leur auguſte frere ils ne ſoient ſucceſſeurs.....
Souvent des arbriſſeaux la ſeve nourriciére,
Sans le ſecours de l'art ſur un bon ſol proſpere.
La main qui les forma...... je me tais.... je m'entends....
Je ne ſais point brûler un mercenaire encens ;
Mais plus par leurs vertus ils ſont chers à la France,
Plus je bénis du ciel cette heureuſe influence,
Qui défendant en eux le pur ſang de LOUIS,
En a fait le ſoutien, & la gloire des lys.
Dans Auguſte, Provence & d'Artois ont un frere,
Un Monarque, un ami, comme nous, ont un pere.
Tandis que mûriſſant ce tendre rejetton,
Vers Auguſte le temps amene la ſaiſon
Que marquoient pour l'hymen nos vœux & la nature,
Le ciel comble ſes dons, les comble ſans meſure.
La Fille des Céſars (1) ſous un triple bandeau
A Schombrun des Céſars a fondé le berceau.
L'Europe dès long-temps à genoux prend ſes chaînes,
Et Schombrun eſt auſſi le berceau de ſes Reines.
Au milieu des écueils ſi THERESE a flotté,
THERESE imperturbable a toujours triomphé.
Son courage a fixé ſes hautes deſtinées :
A celles des Bourbons elles ſont enchaînées,
Et le ciel en ſon ſein forma l'auguſte objet,
Qu'au Monarque François ſa juſtice devoit.

---

(1) L'Impératrice Reine.

Des Bourbons, des Césars les haines sont éteintes ;
Un pacte avoit banni les soupçons & les craintes.
Ce n'étoit point assez.... Le sang doit les unir.
Ces nœuds.... Quel bienfaicteur eut l'art de les ourdir !..
C'est le même, François, le même dont l'Envie,
A su combler la gloire & poursuivre la vie,
Qui servit son pays, qui défendit la Loi ;
Qui courageusement sut déplaire à son Roi.
Sous les yeux de THERESE & sous une main pure,
ANTOINETTE croissoit ; la vertu la plus pure
En elle préparoit ses illustres destins.
Elle doit être unie au plus grand des humains.
La candeur sur le front, les Graces à sa suite,
La grandeur l'importune & la gaieté l'invite.
Au mérite indigent, aux pleurs du malheureux
Son cœur ouvre les mains d'un Epoux vertueux.
Au foible, à l'opprimé le Trône est accessible.
Auguste à ses sujets enfin toujours visible
Déteste dans sa Cour ce faste d'Orient,
Qui semble à des Sujets ne cacher qu'un tyran.
Veille du haut du ciel, Dieu, conserve à la France
Ce couple précieux, don de ta bienfaisance.
Des piéges de l'Envie arrache ces Epoux ;
Fortunés l'un par l'autre, ils le seront pour nous.
Aux pieds de tes Autels la France prosternée
Sollicite tes dons pour ce grand hymenée.
Daigne exaucer nos vœux ; que ce beau sang transmis
Fasse régner sur nous & THERESE & LOUIS....
Hélas ! de mes desirs envain l'impatience
Précipitent les temps... Ces astres de la France
D'une foible clarté frappent encor nos yeux.
Ils marcheront long-temps sur un ciel orageux.
Dans les bras du sommeil je n'ai fait qu'un vain songe :
En de nouveaux malheurs la France se replonge.

Tu venois de tracer quelques riants tableaux :
Muse, sur quels objets vont marcher tes pinceaux !...
Ce n'est point ce ruisseau qui baigne la prairie ;
Ces vers gazons foulés par la belle Egérie.
Diane dans nos bois, Bacchus sur nos coteaux,
Cérès pour la Moisson dépeuplant nos hameaux.
La genisse & l'agneau bondissants dans nos plaines ?
Ni ces chantres aîlés, innocentes Syrenes.
C'est ce Roc escarpé sous qui de toutes parts
Un terrein sec, aride, afflige nos regards.
C'est Pomone, Cérès, fuyants de nos campagnes.
Les frimats couronnant le sommet des Montagnes.
Cependant au milieu de ce triste tableau
La nature paroît entr'ouvrir son tombeau ;
Et s'éleve en tremblant du sein de ses ruines...
Le peut-elle au milieu des fureurs intestines !
C'est la voix du tonnerre effrayant les échos.
De tigres, de lions, de féroces troupeaux.
C'est la terre entr'ouverte offrant un précipice ;
C'est l'Etna vomissant sa lave destructrice :
C'est ce spectre effrayant errant sur les tombeaux :
Vous le dirai-je enfin !... C'est la France en lambeaux.

Fin du troisieme Chant.

QUATRIEME CHANT.

ARGUMENT.

LA France obligée de faire la paix. Conquête de la Corse. Foiblesse du Monarque. Disgraces de plusieurs Ministres. Flatteries de Voltaire. Extinction de la Société. Mort de Glycere. Vertus & qualités du Monarque. Institutions par lui faites. Ecole royale Militaire. Noblesse Militaire. Noblesse commerçante. Encouragement de l'Agriculture.

DEs Césars, des Bourbons la fortune ennemie
Avoit de toutes parts terrassé le Génie :
Aux Plaines des Germains, sur la Plaine des mers
Hélas ! ils ont compté leurs jours par leurs revers.
A la loi du plus fort il fallut se soumettre :
Mais pour traiter la paix, à qui donc s'en remettre !
Au milieu des débris sauvons du moins l'honneur.
De son Maître, Choiseul possédoit la faveur ;
Tenoit le gouvernail au milieu de l'orage :
Le vaisseau de la France échappé du naufrage,
Au travers des écueils au Port étoit rentré,
Mais battu par les vents, entr'ouvert, déchiré.
C'étoit beaucoup sans doute en un temps d'infortune.
Dans un temps plus heureux, sur le sein de Neptune
Avec honneur sans doute il pourra se montrer ;
Mais long-temps dans le port il le faut réparer.
La paix se signe enfin : les tentes sont pliées,
La France respiroit depuis quelques années ;
Et son puissant Génie, ame des *Cabinets*,
A bientôt réparé des maux qu'il n'a pas faits.
Sur l'Altiere Boston Londre affecte l'empire ;

Et l'Anglois divisé lui-même se déchire :
Le *pacte* est respecté ; le ciel devient plus beau.
La France pas à pas renaît de son tombeau.
Quel appareil ! pourquoi ces foudres toutes prêtes ?
Eh quoi ! Déja LOUIS tente & fait des conquêtes !
L'Anglois le voit, le souffre, & bientôt le Guolo
Sous les loix de LOUIS remplace l'Ohio.
Du sein des voluptés c'est LOUIS qui surnage :
Mais hélas ! ce n'étoit qu'un rayon de courage.
Il se craint, il se fuit : l'ame perd son ressort :
Dans les bras de l'amour sa foiblesse l'endort.
La sourde ambition lorgna long-temps les Reines,
Et les arrache enfin à LOUIS dans les chaînes.
Glycere avoit trompé l'espoir du Courtisan :
Lui-même avoit plié sous son fier ascendant.
De la tendre Diane elle n'eut jamais l'ame.
Un feu secret toujours la stimule, & l'enflame.
Mais ce n'est point l'amour, c'est la soif du pouvoir.
En digérant le plan qu'elle osa concevoir
Du sein de la bassesse elle vole à l'empire
Qui l'eut crû ! Cet amant qui pour elle soupire,
Qui descendant si bas, l'éleva jusqu'à lui,
De son avide orgueil est le plus ferme appui :
Caressé d'un regard il croit tout légitime :
C'est par elle qu'il voit, pense, protege, opprime.
Glycere sous son sceptre enfin voit tout courbé ;
Eleve, abbat, crée & détruit à son gré :
Sa main par le fuseau seroit déshonorée : (1)
Souvent la Politique écrit sous sa dictée ;
Dirige Mirepoix, fait les plans de Rouillé.
Le vieux Belleisle même est en *apostille* !

(1) Les Lettres de Glycere ont été imprimées : on peut voir si ce portrait ressemble.

Nomme les généraux, Juge, applaudit, ou tance;
Regle, gouverne avec la guerre & la finance
Le trident de Neptune en ses mains consigné:
Ecrit comme César, & comme *Sévigné*.
Pour elle sans pudeur un bel esprit s'engoue:
Elle flagorne, paye; & Voltaire la loue.
Du chantre de Henry j'admire les talents;
Mais il prostitua sa plume & son encens.
Il les eut honorés en combattant le vice,
En chantant la vertu, l'honneur & la justice.
Des faveurs d'Apollon quel abus odieux!
Glycere pour LOUIS fut un présent des Dieux.
Dis plutôt, vil flatteur, un don de sa colere:
Malgré moi du pinceau coule une bile amere....
Devant le vice même Apollon à genoux....
Quel Citoyen pourroit contenir son courroux?
Infortunés Mortels, ainsi la flatterie;
Sait corrompre vos Rois; & pour vous déifie
L'instrument de leur honte & de votre malheur....
Loin d'Auguste jamais Apollon corrupteur....
La beauté, je le sais, est un présent céleste;
Mais loin de la vertu ce n'est qu'un don funeste;
Des Sujets & des Rois infaillible poison.
Et qui tue à la fois leur gloire & leur raison.
O toi, sitôt inscrit au temple de mémoire!
Du Parnasse François & la honte & la gloire;
Si le ciel a sur toi versé tant de faveurs;
Par orgueil & par goût, presque Epoux des neuf sœurs;
Sur les pas de Neuton suis au Ciel Uranie:
Hurle avec Melpomene, & joue avec Thalie:
Ments avec Calliope; ose effacer Pascal;
Et de Clark & de Lok prétends-toi le rival.
Pour mieux le dénigrer, fais imprimer Corneille.
Racine écrivit *bien*, mais Voltaire à *merveille*;

Certain ſceptre pour toi ſe tranſmuë en bâton:
Déchire Maupertuis ; venge-toi de *Freron.*
Qu'on ſiffle *Adélaïde*, ou qu'on claque *Mérope*,
Rien en tout cela, rien n'intéreſſe l'Europe ;
Mais que de tes pinceaux le brillant coloris,
Enchante, aveugle un Roi dans les bras de Cypris ;
Au ſein des voluptés qu'il enchaîne la gloire,
Qu'il peigne les Amours déſarmants la victoire,
La cuiraſſe & le ſceptre aux genoux de Chloé;
Dans l'Amant qu'elle joue, un Héros fortuné....
Que, fléau d'un grand peuple, une Maîtreſſe avide
Attire ton encens..... que *Jeanne*..... que *Candide !*....
De nos pudiques yeux écartons ce tableau ;
Déplorons les écarts d'un génie auſſi beau.
  Deſpote de Ferney, la main du temps te preſſe ;
Le Spectre de la mort va punir ton ivreſſe.
Il va la diſſiper : bel Eſprit, Eſprit fort,
Le Capucin t'attend au chevet de la mort.
Et tu joindras bientôt dans ta courſe bizarre
Les lauriers du Parnaſſe aux cyprès du Tartare.
Tu l'appelles : je vois *Pancrace* s'approcher :
Et d'un ton *naſillard* il oſe te prêcher.
  » Voyez-vous ces braziers de ſoufre, & de bitume :
» C'eſt-là qu'eſt le Démon qui vous prêta ſa plume ;
» Qui ſur les livres ſaints ſi ſouvent s'égaya ;
» Blaſphéma leur auteur, & le calomnia ;
» Qui dans l'impiété mit la *Philoſophie* ;
» Qui verſa ſi ſouvent le poiſon de l'Envie ;
» Qui fut l'Apôtre impur de cette volupté,
» Qui ſouille la Vertu, l'Amour, & la Beauté ;
» Qui flagornas les Rois, les Grands & les Maîtreſſes ;
» En vertus, en talents érigeas leurs foibleſſes ;
» Qui pas votre *Uranie* oſa perſiffler Dieu,
» Et vous fit dès vingt ans déja digne du feu.

» De ce Dieu si souvent renié dans votre ame
» La Bonté veut encore vous sauver de la *flamme* ;
» Mais il faut que sur vous un sincere retour. . . :
» Jurés que, s'il vous rend la lumiere du jour,
» Vous réparerez tout (autant qu'il le peut être)
» Que dans Satan enfin vous abdiqués un Maître.
» Sur tout pour assurer votre conversion
» Si quelque temps encore il vous livre a *Freron* ;
» De la main de ce Dieu recevez le Calice.
» Votre orgueil lui doit bien ce léger sacrifice.

Mais avant que bientôt ton Apôtre frocqué
T'ait au lit de la mort à Satan escroqué,
Que tu sentes enfin au bout de ta carriere
Le sommeil de la mort assis sur ta paupiere;
Si ce fruit de ma muse arrive jusqu'à toi,
Comme à l'ami *Freron* du moins pardonne moi.
Jamais à *Couplegor* je ne servis de scribe ;
Je détestai toujours l'amére Dyatribe ;
Mais j'aime ma Patrie, & mes Rois ; & mon Dieu ;
Et contre eux avec moi jamais on n'eut beau jeu.
Les dévots sont, dit-on, enclins à la vengeance ;
Leur zele est entiché d'un peu d'*intolérance* :
Grand Chantre de HENRY, je n'ai point comme toi
La force d'opposer la raison à la foi ;
De fouler à mes pieds les préjugés vulgaires,
Sous lesquels j'ai vieilli dans la foi de mes Peres ;
Mais si ton *Capucin* n'opere pas encor,
De l'Orgueil contre moi prends le sublime essort :
Que dis-je ! pour punir l'*insolence*, & *l'audace*,
Le *Cigne* de la Seine *au Corbeau* du Parnasse
Ne doit que du mépris : son nom, & tes talents,
D'un Rapsodiste obscur de l'histoire du temps,
Ne peuvent essuyer la plus légere atteinte.
Au sein de tes *Prôneurs* quelle seroit ta crainte !

Et

Et que peut-on enfin contre la *Majesté*
D'un front ceint des rayons de l'immortalité!
Au miracle criants, baillants comme des Carpes
Pour toi contre un *Freron* n'est-il pas cent *la Harpes!*
Dieu sait; Dieu sait comment dans un de ses journaux
Du Parnasse françois l'inflexible Minos
S'escrimera pour toi, traitera ton *Zoïle*,
Et de son *Mævius* vengera son *Virgile*.
Ouvrage, dira-t-il dont l'Auteur clandestin,
Disparate; sans plan; sans esprit & sans frein,
Sut joindre, en aboyant un sublime mérite
La verve de *Chérile* aux poulmons de *Thersite*;
Un vile Energumene; un faux illuminé,
Des petites maisons du Parnasse échappé;
Censeur inexorable, insolent Patriote,
De son Dieu, de ses Rois soi-disant *Dom Quichote*;
Et dont le zele amer, & la Causticité
Iront par la folie à l'immortalité.
Mais loin de mon sujet l'occasion m'entraîne.
Retournons à la Cour: reprenons-y la chaîne
De ces événements dont l'Orgueil & l'Amour
Si long-temps sous Glycère ont étonné la Cour.
On trembloit pour Louis: sous la faulx de la Parque,
L'exécrable Damien avoit mis le Monarque:
Aux portes de la mort le bandeau va tomber,
Et son tyran enfin va bientôt succomber.
L'Eternité s'entr'ouvre: aux yeux de l'Eternel
Il ne sait point tenir au crime *en criminel*;
Non; Louis n'eut jamais cette audace du crime
Qui fascinant toujours, & traînant sa victime,
Nargue à son Tribunal un vainqueur irrité,
Et brave les regards de la postérité.
La Vertu le reclame: il étoit né pour elle.
Le remords la lui rend . . . & Glycere chancele. . .

D

Le coup se frappe enfin ; . . : elle apprend que Louis. . . :
Cet ordre qui l'eut crû ! n'abat point ses Esprits.
Soit dans elle en effet ce courage intrépide,
Né souvent du succès, & que rien n'intimide,
Soit que son Ascendant la rassurat encor.
Cet ordre est arraché . . . si LOUIS *n'est pas mort . . .*
Il est encore à moi . . . . cette main vengeresse,
Ministre audacieux d'un instant de foiblesse
Saura bien te punir . . . . . le Monarque en effet
De l'ordre & du remords déja se repentoit.
Le danger disparoit, Glycere regne encore.
La Vengeance s'allume, & son feu la dévore.
Dans d'inflexibles mains le sceptre raffermi
N'est qu'un sceptre de fer qui bientôt à puni.
Glycere enfin s'immole une double victime.
Louis céde, on l'entraîne & sa foiblesse opprime.
Ce n'étoit point, hélas, pour la premiere fois
Qu'on le vit opprimer les serviteurs des Rois.
De Glycere en ses mains les foudres toujours prêtes
Disposoient à son gré de l'Ange des tempêtes.
Un Ministre immortel remplaçoit ses aïeux,
Et Fidele à son Roi, sut le servir comme eux.
Le Neptune François guidé par sa prudence
Du tyran d'Amphitrite étonna la puissance.
Aux talents il unit une aimable fierté,
Le sel de l'atticisme avec l'urbanité.
Il ne fait point porter ce front sombre & sinistre
Et la gaieté souvent déride le Ministre.
Il sert son Roi, l'Etat, il en est estimé.
Il plaisoit à son maître, il en étoit aimé.
Courtisan mal-adroit, il néglige l'Idole :
S'en joue avec son Maître, & son Maître l'immole.
De Glycere l'Orgueil ne lui pardonne pas :
Contre son Favori Louis prête son bras.

Quel crime a-t-il donc fait !... il a plaisanté d'elle.
Dans les fers, la disgrace, un serviteur fidelle
Quatre lustres gémit de son maître oublié.
Et l'Etat avec lui se voit sacrifié.
Puisse se réparer un jour cette injustice :
A l'empire des Lys puisse le Ciel propice
En prolonger les jours, & ses heureuses mains
De l'Etat chancelant relever les destins.

A la Cour de LOUIS tout a changé de face :
Un Aquilon fougueux balaya sa surface :
Le ministere antique est bientôt remplacé ;
Le nouveau ministere est bientôt renversé !

Lorsque sous un génie inquiet, & superbe,
Ou n'est pas le reptile enséveli sous l'herbe,
Lorsque de sa propre aîle on tente de voler,
La chûte est infaillible, on s'en voit accabler.
Vertus, Talents, Esprit, Rang, Dignité, Naissance ;
L'Orgueil n'épargne rien : tout le blesse, l'offense.
Pour Glycere LOUIS s'Isole dans sa Cour,
Et fait du ministere *une histoire du jour*.
Quel génie étonnant nous donne ce spectacle ?
Le *meurtrier d'Apis* a produit ce miracle.
Sa Fille marche égale aux compagnes des Rois,
Dispose de la foudre, & nous donne des loix.

Renard des Courtisans, Aigle de Politique,
Je te vois le premier sous son joug despotique.
Le superbe instrument façonné par tes mains,
(Pouvois-tu le prévoir) asservit tes destins,
Et tu ne fus jamais qu'un bois frêle, & mobile,
Dont se joua toujours son orgueil indocile.
Que dis-je ! elle t'honore.... au noble sang *d'Apis*
Veut bien unir ton sang .... quoi ! de toi des mépris ?..
De quel prétexte vain ton Orgueil se pallie !...
Tes Peres ont versé le sang de la Patrie,

Et le sang seul *d'Apis* par le sien fut versé.
Elle saura punir ton orgueil insensé.
Brûlé d'ambition, & paîtri d'artifice,
Tu pourrois démolir jusqu'à ton édifice.
Glycere prudemment à l'art de t'écarter.
Tes *services* pourroient aussi la supplanter.
Tes *talents*, que tu crois toujours si nécessaires
Ne pourront intriguer que par des Emissaires.
La Maîtresse les craint : l'Amant peut s'en passer.
Tu peux *hors de la Cour* les aller exercer. . .
Qui fut pétrifié ? . . . mais de crainte de pire,
Il fallut obéir : notre Aigle se retire.
Que fit loin de la Cour le Satrape intriguant ?
Sans doute il intrigua, mais encor vainement.
Le temps n'est pas venu : sous de moins noirs auspices,
Marchant à pas plus lents au bord des précipices,
La France lutte encor contre d'affreux destins.
La Gloire de sa chûte est dûe à d'autres mains.
Il doit la partager . . . . que dis-je ! il la partage ! . . .
Non : elle est toute à lui ; dans ce nouvel Orage,
Il fait tout, conduit tout : le fatal Instrument
Sous sa main meurtriere agit aveuglément.
Au milieu d'un loisir à ses vœux si contraire,
Dont son orgueil s'indigne, il cherche à se distraire.
La paix avoit alors fermé le champ de Mars ;
Le tranquille Soldat dormoit dans les remparts.
Il ne reste au Héros que les champs de Cithere :
Il étoit déja loin de la saison de plaire :
Qu'importe ! . . . connut-il même dans son printemps
D'autre Amour que ce fils de l'yvresse des sens ?
Il ne croit point en Dieu, mais encore aux *Lucréces* ;
Il sait pour son argent où placer ses caresses ;
De l'*Adonis* grison le cadavre *musqué*
S'il n'empoisonne Mars, empoisonne *Phryné*.

Ainsi se consoloit l'intriguant Sybarite.
Sous la cendre caché son feu secret s'irrite.
Soit que Glycere crut avoir assez frappé,
Soit bonheur, soit prudence, un seul est échappé.
L'art sait même employer le poison qui nous tue;
Quelquefois Esculape use de la cigue:
Par de contraires sucs combinés prudemment,
Répare, purifie, & rappelle un mourant.
Tel on dit que Choiseul se servit de Glycere
Contre ce monstre avide, orgueilleux, sanguinaire,
Qui depuis si long-temps nous avoit désolés;
Le monstre enfin périt sous des coups redoublés.
Par le glaive des Loix, qu'il avoit tant bravées,
Le Sénat de LOUIS en purge ses contrées.
Lisbonne avec horreur & Madrid l'ont vomi.
La terre ouvre les yeux: de l'univers banni
Loyola veut braver la Vengeance céleste,
Il trouve le Cordon formé contre la peste.
Son dernier coup l'attend: le démon en frémit:
Ganganelli l'éteint: l'Univers applaudit.
Que ta foudre, grand Dieu, dévore ce qui reste:
Le monstre encor palpite, & Polipe funeste
Dans sa dispersion à lui-même il survit,
Ainsi que sa fureur, sa morale le suit.
Redoutons tout encor de ses trames sinistres:
Sa vangeance jamais ne manqua de Ministres,
Enfin toujours armé du fer & du poison
De Ganganelli même il se fera raison.
Glycere cependant vers le terme conduite
Avoit senti qu'il est une borne prescrite,
Et vu se dissiper le songe des grandeurs.
La mort frappe: LOUIS laisse échapper des pleurs;
Mais bientôt, soit dégout du joug d'une Maîtresse,
Impérieux Tyran d'une longue foiblesse,

Soit retour sur lui-même, il recouvra son cœur,
Et l'on vit la raison survivre à la douleur.
Quel malheur ! ô François ! qu'avec un si beau germe
Sa foiblesse à sa gloire ait si-tôt mis un terme !
Quel Cédre desséché ! quel trésor enfoui !
Et quel Pere ! . . . & quel Roi nous perdîmes en lui !
De toutes les Vertus il portoit la semence.
Qu'il est grand ! qu'il est noble au sein de l'innocence !
Souvent même, souvent au milieu de l'erreur
Par de sublimes traits il décele son cœur.
Aux yeux de l'Univers la *Majesté* se montre :
Entrons dans ce palais . . . quel pere on y rencontre !
Il couve de ses yeux ses Augustes enfants.
Sa foiblesse l'accuse ; à leurs bras caressants
A leurs tendres baisers, il offre un front timide.
Dans le sein de l'erreur le remords l'intimide.
Le Pere est toujours Pere, & son cœur fasciné,
Par ce poids invincible est toujours entraîné.
Aux champs de Fontenoy la Gloire le couronne ;
La Bonté le désarme, & l'Amour l'environne.
Au milieu de l'horreur qu'il est attendrissant ?
Ses pleurs sur ses lauriers coulent avec le sang.
Déplorant des mortels cette erreur sanguinaire,
De l'Anglois, du François, de tous il est le Pere.
L'Humanité le suit dans le champ qu'il parcourt ;
Sa bouche les console, & sa main les secourt.
Quel est ce monument ! nourrissons de la Gloire !
Que de maîtres pour vous dans l'art de la Victoire !
Vos Aïeux ont servi dans le Champ de l'honneur.
La fortune oublia le sang & la valeur.
Flétris par l'indigence au fond de vos chaumieres,
Perdus pour la Patrie, & perdus pour vos Peres,
LOUIS regrette en vous le Sang de vos Aïeux :
Il veut en rétablir les canaux précieux.

Dans le palais de Mars sa bonté vous rassemble ;
La Gloire & la Vertu s'y cultivent ensemble,
Et de ce monument je vois bientôt éclos
Sous les yeux de Choiseul un Peuple de héros.
On publie un Edit : ô ma chere Patrie !
Tu ne vis pas encor sous ce Ministre impie,
Qui détruisit les Loix, foudroya ton Sénat,
Ni sous ce froid brigand qui dépréda l'Etat.
Tu vis sous Lamoignon, sous Choiseul, sous un Pere :
Il leur dicta l'Edit Auguste & Salutaire,
Qui donne des Aïeux, ennoblit la valeur,
Ouvre un nouveau sentier au temple de l'honneur.
Mais quels autres Edits annoncent sa grande ame !
Notre bonheur l'occupe, & sa Gloire l'enflamme.
D'un préjugé fatal le commerce est flétri :
Il dégradoit, par lui je le vois ennobli.
Ici les champs couverts de ronces & d'épines ;
Là des lacs croupissants : là de tristes ruines.
Sous l'impôt destructeur Cérès a déserté.
Elle rentre à sa voix : sa prodigue bonté
En étend le domaine : en élargit l'empire.
L'affranchit pour un temps ; le Laboureur respire :
Il défriche les champs : Cérès a des palais.
Il desséche des lacs, il forme des guerets.
Sous les loix de LOUIS la France va renaître :
La France s'attendrit aux genoux de son Maître :
Elle l'adore .... expire .... hélas ! .. qui l'auroit crû !
Un espoir si flatteur a bientôt disparu.

Fin du quatrieme Chant.

CINQUIEME CHANT.

ARGUMENT.

L'Ami du Prince *fait ſuccéder Roxelane à Glycère. Nouveaux malheurs de la France. Diſgrâce & exil du Duc de Choiſeul. Etat de l'Europe. Guerre de Pologne. Guerre entre la Ruſſie & la Porte Ottomane. Flottes Ruſſes dans l'Archipel. Démembrement de la Pologne. Paix honteuſe à la Porte Ottomane. Deſtruction des Loix en France. Caſſation du Parlement de Paris. Réſiſtance des Pairs au Lit de Juſtice tenu à Verſailles. Proteſtation des Princes. Deuil & miſere de la France.*

Quoi ! toujours ſur mes pas, bourreau de ma Patrie !
Ton triomphe s'apprête ; elle eſt bientôt ſans vie.
Glycere te trompa : tu n'es point rébuté !....
Où donc *ami du Prince*, avez-vous recruté
ce pudique minois !... Cette beauté ſévere !...
Vous n'oſez l'avouer.... inutile myſtere....
Prêtreſſe de Venus, qui ne la connoît pas !....
Pour votre maître. Quoi ! ces dangereux appas !....
Vous ne craignez donc point !..tout mon corps en friſſonne.
Tu reſpires encore empoiſonneur du Trône !...
Juſques à quand au ſein de ton impunité
Fouleras-tu des loix la ſainte majeſté !...
Je t'entends, vil flatteur : à ton quinzieme luſtre
Tu veux une exiſtence, & tu la veux illuſtre.
Sur le bord du tombeau c'eſt la ſoif du pouvoir
Qui te tourmente encor.... Mais quel eſt ton eſpoir !...
Et de quoi te plains-tu ! des faveurs de ton Maître
N'es-tu pas tout couvert !... Méritas-tu de l'être !...

Mercure, Spadaſſin, Sybarite & Soldat
Sont-ce donc-là des droits au timon de l'Etat!
Tes Ayeux te donnant une antique origine,
Se ſont-ils donc battus dans les champs de Bovine?
Quel titre à nos reſpects! Aux faveurs de ton Roi!...
Va.... ſon aveuglement en a trop fait pour toi...
Hélas! trop contre nous.... Implacable furie,
C'eſt ton ambition qui perdit ma patrie.
LOUIS vivoit paiſible: il n'eſt point enchaîné,
Si ſon cœur par les ſens eſt encore entraîné,
Il ne céde du moins qu'à des goûts éphémeres.
Les Rênes en ſa main reſtant toutes entieres;
La raiſon ſans retour doit enfin ſurnager,
Si dans de nouveaux fers on ne ſait l'engager.
Des voluptés long-temps il a connu l'uſage...
Que vois-je! en ſon hiver!... Dans les glaces de l'âge!...
O honte! ô temps! ô mœurs!... Sujet, arrête-toi.....
Ils t'enlevent ton Pere.... Il eſt encor ton Roi.
Du tableau ce coin ſeul en montre trop encore.
Quel déluge de maux! ô nouvelle Pandore!...
Ce n'eſt donc pas aſſez que par les voluptés,
Que par la main des temps ſes jours précipités,
Acquierent ſous ton joug leur derniere vîteſſe!....
Ce n'eſt donc pas aſſez d'une ſi longue ivreſſe!...
Faut-il! faut-il encor que ta funeſte loi!
Non... je n'oſe achever... Ciel!... éclaire mon Roi.
O de l'ambition inſtrument imbécile!
Moulin à moudre un peuple, & mortier où l'on pile
Les os que conſervoit à peine ce grand corps,
Dont Glycere long-temps gouverna les reſſorts,
Des vautours de l'Etat retraite toujours ſûre,
Pour la Patrie entiere inſtrument de torture,
Puiſſe le ciel enfin punir tant d'attentats!...
L'abyme du néant ſe rouvrir ſous tes pas!...

Qu'il me tarde ce jour ! & qu'il me déſeſpere !...
Je meſure en tremblant ton affreuſe carriere.
Je recule d'effroi...... Peuples infortunés !....
Quel eſſaim de brigands contre vous déchaînés !...
Embuſqués dans un bois voiſin du pâturage,
quand des troupeaux de loups s'élancent au carnage,
Lorſque l'agneau bêlant par l'un eſt dévoré,
Quand le bœuf ruminant par l'autre eſt déchiré,
Devant ces fiers tyrans, qu'un long hiver irrite,
Du chien & du Berger le ſalut eſt la fuite....
Où vous ſauver ! Où fuir des troupeaux carnaciers !...
La terreur & la mort aſſiegent vos foyers.
L'oppreſſion du Trône occupe l'avenue.
Par qui l'affreuſe trame eſt-elle donc tiſſue !...
D'un théatre ſanglant quels horribles Acteurs !
Muſe raconte-nous d'incroyables fureurs.
Ouvre tous les replis : entre dans la caverne,
Repaire des brigands, dont l'eſſaim nous gouverne.
Du haut de ces monceaux de nos triſtes débris,
Qu'à la poſtérité, qu'à l'Univers ſurpris
Tes funebres clameurs dénoncent les coupables.
O du meilleur des Rois corrupteurs exécrables !
De ma triſte patrie implacables fléaux,
Ma Muſe ne ſauroit vous rendre tous nos maux,
Mais elle vous pourſuit chez la race future ;
Puiſſent, grace à mes cris, vos noms être une injure !...
Comment ſi je me tais !... ſi je ne nomme pas !...
Eh ! qu'en eſt-il beſoin !... chaque inſtant, chaque pas,
Où ne ſont point écrits ces noms abominables !...
Sur le tombeau des Loix, ſur ces murs vénérables
Que livre à des brigands la fuite de Themis,
Dans nos faſtes affreux ne ſont-ils pas écrits !....
Ces peres expirants..... Leurs fils plus miſérables
Ne les mêlent-ils pas à leurs cris lamentables !

La France enfin, la France au milieu des tombeaux
Ne hurle-t-elle pas le nom de ses Bourreaux !...
De LOUIS rendormi l'esclavage funeste
Sembloit de sa carriere occuper tout le reste.
Mais Choiseul lui restoit : Ministre courageux,
De son Maître, qu'il aime, il veut ouvrir les yeux.
Il les auroit ouverts : dans le cœur de son Maître
Sous de sages avis LOUIS pouvoit renaître.
Corrompons, s'il se peut, un dangereux Censeur.
On le suit : on l'obsede : avec mépris, horreur,
La gloire de son Roi, ses principes sévéres
Econduisent bientôt d'infâmes Emissaires ;
On ne peut le corrompre, il faut le supplanter.
LOUIS fait le complot, on l'y voit résister.
Le désespoir long-temps agite la cabale.....
Choiseul succombe enfin : il voit l'heure fatale.
On fait *signer* LOUIS ; l'Ange est expédié....
On l'*annonce*, & voilà Choiseul congédié.
Son œil perçant de loin voit arriver l'orage.
Son front calme & serein montre tout son courage.
Sa chûte se répand ; la Patrie est en pleurs :
Il part, & sur ses pas elle entraîne les cœurs.
Paris s'est élancé du sein de ses murailles....
Et Chanteloup bientôt à dépeuplé Versailles....
Ne poussons pas plus loin d'attendrissants tableaux.
Ils irritent l'Envie : elle suit les Héros.
De la France voilà le vaisseau sans Pilote :
A qui le confier !..... long-temps le maître flotte.
Dans le sein du sommeil, & dans l'aveuglement
Il n'a contre Choiseul été qu'un instrument.
La Censure importune, & la foiblesse frappe :
Mais en perdant Choiseul, l'homme d'état échappe.
Le fil se coupe : on perd ses calculs, ses ressorts.
De grands événements se préparoient alors,

Et de la politique agitoient la Bouſſole.
Eſt-ce un Courtiſan ? Non.... c'eſt l'Etat qu'on immole.
  Choiſeul voit ſe former de nouveaux ennemis,
Sur l'Aſie & l'Europe un grand Trône eſt aſſis.
Rurik (1) s'en orgueillit, & loin de ſa frontiere
Du ſein de la Néva leve une tête altiere.
Ses nombreux pavillons cherchent un autre ciel,
Et de la Sybérie, embraſſent l'Archipel.
Le Sultan effrayé pâlit ſur le Boſphore.
Romanzof intimide, & le Viſir implore.
Catherine commande au Sultan à genoux.
Aveugles Potentats, à quoi donc penſez-vous !
Fermerez-vous toujours les yeux à la lumiere ?
Par un pacte innocent la paix vous confédere.
Tout le Nord alarmé crie à l'oppreſſion :
Des marais de Scithie, & des rives du Don
Un torrent ſe déborde ; en ſa courſe orageuſe
Trace, ſuit ſous vos yeux une ligne orgueilleuſe.
Neptune tremblant livre à des Tyrans nouveaux
Et les cendres d'Homere, (2) & l'antique Lesbos.
Le Sultan abbatu leur livre le Sarmate.
Le triple joug ſe forme, & le *partage* éclate.
D'un œil indifférent perſiſtez-vous à voir
Ce dangereux réflux d'un énorme pouvoir ?
  Du Tartare autrefois eſclave, & tributaire,
Aujourd'hui Conquérant ſans frein, & ſans barriere,
Croyez-vous qu'il renonce à de nouveaux lauriers !
Attendons-nous le Ruſſe au ſein de nos foyers !
De ſa Sémiramis quel reſſort énergique ?...
Quel ſuccès a ſuivi ſa vaſte politique !...

---

(1) Les anciens Souverains de Ruſſie étoient de la famille de Rurik.

(2) Un Officier de la Flotte Ruſſe prétend avoir découvert le tombeau d'Homere.

Ses flottes dans la Gréce ! ... O repos insensé ? ...
Sans doute elle eut trop fait, même l'ayant osé.
Attendrons-nous qu'encor sa puissance s'accroisse,
Et que de tout son poids ce Colosse nous presse ! ...
Du vice de ses Loix le Sarmate est puni.
De son Roi dépouillé le Trône est avili.
On se rit des traités ; on partage ; on opprime.
Le François a-t-il donc perdu sa propre estime ?
Qui glace son courage ? & quelle lâcheté
Produit cette honteuse, & triste nullité !
Louis murmure enfin : mais quelle Intelligence
Pourroit ou prévenir, ou briser l'influence ?
Choiseuil manque : Louis sent tout son embarras.
Le Sanhédrin s'indigne, & ne le conçoit pas.
Que n'ouvre-t-il les yeux ? quels Aigles l'environnent !
Combien d'hommes d'Etat ? quels Ministres foisonnent ?
De son *ami* d'ailleurs, du complaisant fameux.
Ministre des plaisirs, Intendant de ses jeux
Oubliera-t-il les droits sur sa reconnoissance ?
A l'un de ses Aïeux que ne doit point la France ?
C'est par ses mains qu'assis sur le Trône des Rois
Le Despotisme enfin triompha de nos Loix.
Le timon ne peut être en des mains plus fidelles ;
Pourquoi donc tant tarder ! si l'Astre des *ruelles*
Ne sauroit t'éclairer, choisis dans sa *maison*.
Il choisit en effet : résigne le Timon.
Roxelane a pleuré ; la Place est emportée ;
Et voilà le Visir enfin sous sa dictée.
De crimes & d'horreurs quel déluge nouveau ?
Ton Berger est en fuite ; ô malheureux troupeau !
Infortuné François ! ta perte est assurée,
Et les Loups dévorants sont en pleine *curée*.
Quel systême en effet à l'ombre se mûrit ?
Qui l'osa concevoir dans l'infernalle nuit !

C'eſt dans le ſein des Loix, ſous leur paiſible égide,
Qui l'auroit cru ! grands Dieux ! qu'un nouveau Parricide ;
Celui de ma Patrie, eſt conçu, fomenté.
Que dis-je ? en un clin d'œil il eſt exécuté...
Qui leve inſolemment un front *jaune & livide !*
Qui ſe fait un rempart d'une troupe homicide !
Le Pontife des Loix en devient le bourreau !
Le temple de Thémis en devient le tombeau !
Quel eſt donc cet Edit conçu par la vengeance ;
Et que l'Ambition dicta ſous l'ignorance !
Au meilleur de nos Rois, au cœur le plus Humain
Qui pût donc arracher cet édit aſſaſſin !
Le Tonnerre à la main la Calomnie attaque.
O Sénat ! on t'accuſe aux pieds de ton Monarque.
Tu couvres tes deſſeins de l'égide des Loix ;
Tu veux t'aſſeoir au Trône .... à côté de, tes Rois !...
Contre ton Souverain ton audace conſpire.
Dans tes Arrêts l'Orgueil, l'Ambitieux délire,
Blaſphement ſans pudeur contre *l'autorité* ;
Foulent *légalement* l'auguſte Majeſté.
De toutes parts enfin Thémis ſe confédere.
Ton Roi n'eſt qu'un phantôme, un nom, une chimere.
LOUIS le croit, il frappe, & déja tu n'es plus...
De tout ce que je vois mes ſens ſont confondus :
Non : la Poſtérité ne pourra pas le croire.
Puiſſe, puiſſe en effet en périr la mémoire.
Sous le nom du Monarque, à la voix du Tyran
Qui porte ſans pitié le glaive étincelant !
Qui vient chaſſer Thémis !... ces brigands mercenaires ;
De la Magiſtrature inſectes éphémeres,
Recrutés dans la fange, inconnus, ou flétris ;
Pour qui les biens, la vie, & l'honneur ſont à prix ;
Que Thémis même encor tenoit ſous l'anathême,
Qui vient ſur ſes Autels !... qui dans ſon temple même...

Qui vient les faire asseoir ! . . je te tais nom fameux
En passeras-tu moins à nos derniers Neveux !
Du Tyran, qui te joue, instrument si docile,
De l'assassin des Loix satellite imbécille,
Un Peuple, qui t'abhorre, un Roi, que tu trahis,
Sa Cour, qui te méprise, un nom, que tu flétris,
Ce Sénat, ton soutien, autrefois ton Idole,
Ce Dieu, que tu servois, & que ton bras immole;
Voilà donc ton histoire, ô Héros des Héros ! . . .
Mais vous qu'un même sang, vous que des noms si beaux,
Couvrent de nos respects, craignez vous l'infamie!
Vos services, vos cris jettés pour ma Patrie,
Vous défendront aux yeux de la postérité.
Hélas ! est-il le seul que l'immortalité
Dans nos fastes affreux à prix d'honneur inscrive!
Cet exemple fatal, qui doute qu'on le suive !
De l'assassin des Loix la haine, & les fureurs
Ont bientôt dispensé les foudres destructeurs!
Sous le nom du meilleur, & du plus grand des Princes,
La désolation passe dans les Provinces.
L'épouvante & l'effroy précédent les Edits :
Des Ministres titrés assassinent Thémis.
De l'Armorique au Rhin, du Var à la Garonne
La France sous leurs pas à chaque instant frissonne.
Que dis-je ! Mars pour eux a quitté ses drapeaux;
Le bras de la Patrie en arme les bourreaux.
Vous de qui le courage héroique, intrépide,
refusa de porter le fer du Parricide,
Vous que de ses fureurs il eut voulu souiller,
Vous, qu'il livre à l'Envie, & qu'il fait dépouiller,
Recueillez dans les pleurs de ma triste Patrie
Le prix de la Vertu qui l'a si bien servie.
Le joug est imposé; la Patrie est sans Loix,
Le foible sans soutien, & l'équité sans voix.

La Province est livrée aux Tyrans subalternes :
Les temples de Thémis sont changés en cavernes.
Il devoit étouffer dans l'antre ténébreux
Cette Sybille horrible à replis tortueux....
La main de sa Themis devoit être si pure !....
Contre ce Phalaris de la magistrature,
Je vous atteste, vous, ô peuple malheureux !
Vous pillés, dévorés par ces brigands affreux ;
Pour qui de ses Arrêts sa Thémis *famelique*,
Sans pudeur & sans frein ose tenir *boutique*.
Qui peut solliciter ces Arrêts !...: quelle voix !...
Qu'entends-je ! c'est la vôtre, organes de nos loix !
Quoi ! vous buvez aussi le sang de la victime !
Quoi ! vous prostituez l'éloquence sublime !
En vous de la patrie on voyoit les patrons :
Le schisme n'en a fait que d'indignes Larrons.
Je sçais que le Barreau n'est plus cette Tribune,
Qui du monde autrefois gouvernoit la fortune,
Mais on peut voir encor sous un moindre horizon
Plus d'un Catilina pâlir sous Ciceron.
Du Tribunal antique ô transfuges perfides !
La veuve, l'orphelin, devant ces parricides
Qui donc les défendra !... L'assassin de nos loix
Peut-il de l'équité reconnoître la voix !
De lâches prodicteurs cohorte abominable,
Vois, vois de ces Martyrs la foule vénérable,
De Thémis qu'on outrage, aux portes de la mort,
Elle déplore, attend & partage le sort.
Tu ne la verras point affronter l'infamie,
Ni sceller le tombeau de sa triste patrie.
Beaux siecles, temps heureux, qu'êtes-vous devenus,
Où la gloire de Rome étoit dans ses vertus !...
La brigue au champ de Mars sans pudeur établie,
Le Capitole ouvert à la pourpre avilie,

Le frein des loix rompu, le Sénat renversé ;
Du bien dans tous les cœurs le principe effacé ;
Cesar même fut-il arrêté dans sa course,
De la corruption comment tarir la source ?
Déplorez Rome en proie à de tristes destins,
Mais laissez son vaisseau flotter sous d'autres mains ;
Les honneurs désormais sont sur un précipice,
On n'obtient les faisceaux qu'en caressant le vice :
Que pur, inaccessible à la corruption,
Un loisir vertueux soit votre ambition ;
Qu'il vous concentre au sein de vos Dieux domestiques ;
Et ne vous mêlez-plus des affaires publiques.
Ainsi près du tombeau, l'intrépide Caton
Soutenoit dans son fils la gloire de son nom ;
Et d'un tyran adroit prévenant l'influence
Aux plus affreux revers préparoit la constance.
Le même zele en vous résiste à vos destins,
La Pourpre restera toujours pure en vos mains ;
De nos antiques loix sacrés dépositaires,
Du tyran près de vous envain tant d'émissaires.
Au parricide envain il veut associer.
Il ne peut vous séduire, il veut vous effrayer.
Chacun avec horreur l'écoute, & le repousse !
De l'état ébranlé la derniere secousse
Ne peut venir des mains : . . des courageuses mains
Qu'on a tant vu lutter contre ses assassins.
De nos calamités effroyable peinture
Vous croira-t-on jamais chez la race future ?
Qui vous voit sans effroi, proscrits infortunés,
Sur le tombeau des Loix, dans les déserts traînés !
Vous dans l'ombre arrachés à vos femmes tremblantes ;
Sous le fer du courroux victimes palpitantes ! . . . . .
Ce prix de tant d'exploits, de vertus & de sang

La France n'eſt donc plus qu'un cadavre expirant !
Vous, immortels Capets ! vous race tant chérie !
Vous, comme eux, vous près d'eux, appuis de la Patrie,
Et du Trône des Lys auguſtes Aſſeſſeurs,
Quel ſoin vous occupoit au milieu des horreurs !
Vous étiez ſur la Bréche, & tandis que l'Eſclave
Baiſe humblement les fers du Tyran qui vous brave ;
Contre ſon aſſaſſin vous défendez la Loi ;
Contre ſon Corrupteur vous éclairez un Roi.
Qu'il eſt grand le François de ſes Rois idolâtre !
Peuple, tu m'attendris ſur ce ſanglant théatre.
Où docile Brebis, tu ſouffres le ciſeau,
Où docile Victime éprouves le couteau.
Tes Chefs ſont à genoux : leurs ſanglots, & leurs larmes
Aux genoux de ton Roi ſont tes uniques armes.
La miſere produit ton affreux déſeſpoir :
Tu laiſſes à la Loi ſon glaive & ſon devoir.
Ce monſtre, qui l'eut cru, ce bourreau de la France,
Au ſein de Thémis même a reçu la Naiſſance.
La Terre ainſi récele en ſon ſein malheureux,
Ces volcans deſtructeurs, ces vents impétueux ;
Et mugiſſant au loin ſur ſa baſe affoiblie,
Porte l'effroi, vomit la mort, & l'incendie.
Dans quel endroit ? à qui n'eſt-il pas odieux ?
Pris de ſon ſucceſſeur P. . . . . fut vertueux.
Du vil Argus, qui vend ſes yeux, & ſes oreilles,
Il achete les pas, il achete les veilles ;
Le délateur avide, & l'obſcur eſpion,
Portent le ſourd flambeau de la proſcription.
Que dis-je ! même au ſein de nos dieux domeſtiques
Sur nos propres maux, nés des miſeres publiques,
Nous n'oſons qu'en tremblant laiſſer couler nos pleurs,
Et nos Pénates même éclairent ſes fureurs.

À son nom tout frémit : sous ses ordres impies
Combien d'infortunés peuplent les *latomies* ! (1)
Tel dans Rome autrefois le barbare Néron
Porta l'effroi, la mort, la désolation.
Que ne te doit-on pas, ô toi, dont la prudence
Tant de fois du tyran as trompé la Vengeance ?
Magistrat Citoyen, de qui l'humanité
Nous éclaira souvent contre sa cruauté !
Il te connoît sans doute, & sans doute il déteste
Un prudent ennemi de sa trame funeste ;
Il redoute des yeux fixés sur ses horreurs,
Et qui pourroient percer d'affreuses profondeurs.
Ta gloire l'importune, & ton nom le fatigue :
Il forme la cabale, il ameute, il intrigue ;
Il saura toujours joindre à l'œil du Basilic,
La ruse du serpent, le venin de l'aspic.
Il dresse sous tes pas les pieges de l'Envie ;
Mais ton Roi te connoît ; que peut la calomnie !
Epargna-t-il Astrée ? Epargna-t-il Thémis ?
Eh ! de qui donc croit-il fasciner les esprits ?
Vil Caissier de Plutus, Busiris de Finance,
À qui prodigue-tu les sueurs de la France ?
Aux suppôts altérés, & si dignes du choix
Du Bourreau de Thémis, de l'Assassin des Loix.
Sous le nom d'un grand Roi, l'Avarice impunie
Affame ses sujets, trafique de leur vie.
Roxelane, & l'essaim des brigands favoris
Sous ta prodigue main partagent nos débris.
Tu balayas la France ; & d'un front moins tranquille
Le scélérat Verrès balaya la Sicile.
L'apathique brigand sans frein & sans détour
Est la froide Torpille & l'avide Vautour.

---

(1) Prisons faites par Denis, tyran de Syracuse.

Dans le ſein de la paix il nous livre la guerre.
Le commerce eſt détruit ; l'homme manque à la terre.
Du Sénat qu'il craignoit, l'impôt à triomphé ;
Le tyran plane à l'aiſe, & l'air eſt *tariffé*.
Muſe, que des tranſports ſi farouches, ſi ſombres
Agitent au milieu de nos triſtes décombres,
Où t'a donc emportée une ſainte fureur ?
Ah ! garde-toi d'ouvrir un nouveau champ d'horreur !
Aſſaſſin de nos Loix, qui par tes parricides
Forças des citoyens à des vœux homicides,
Si leur miſere, hélas, les porte à cet excès,
Leurs vœux, monſtre, leurs vœux ſont un de tes forfaits.
Sainte Religion, ſoutien notre conſtance :
Dans nos cœurs abbatus ramene l'eſpérance :
Juſqu'aux os dès long-temps le glaive a pénétré ;
Verſe l'huile & le vin ſur un corps déchiré :
Briſe de repentir l'Auteur de nos bleſſures.
Dans le ſein de l'erreur, & ſous des mains impures,
Ton cri le tourmentoit.... il ne peut l'étouffer....
Ah ! bientôt de LOUIS je te vois triompher !

Fin du cinquieme Chant.

SIXIEME CHANT.

ARGUMENT.

RETOUR des Princes à la Cour. Projet du rétablissement des Parlements. Maladie de LOUIS XV. Sa mort héroïque & Chrétienne. Inoculation de LOUIS XVI, des Princes ses Freres, & de Madame la Comtesse d'Artois. Exil & disgrace des principaux Auteurs des maux de la France. Rappel d'un ancien Ministre. Choix de nouveaux Ministres. Remise & extinction de plusieurs impôts. Loi sur la liberté de l'exportation des Grains. Rétablissement des Parlements.

LOUIS paroît enfin résister à sa chaîne.
Et s'il cede, du moins il ne cede qu'à peine.
Roxelane souvent éprouve des combats :
L'intrigue dissimule, elle en frémit tout bas.
Que vois-je ! les tyrans le mettent sur la voie,
Et les loups dévorants se battent sur leur proie.
De quels brigands, dit-il, suis-je donc entouré ?...
De ses premiers regards sur son cœur égaré
Le calme semble naître : au sein de sa foiblesse
On croit le voir céder au remord qui le presse.
Déja d'un œil moins sombre il s'accoutume à voir
Ces serviteurs titrés, esclaves du devoir,
Dont le courage armé contre la tyrannie,
Sut braver les fureurs de ce Ministre impie,
Sut même sous ses yeux, aux genoux de leur Roi
Crier pour la Patrie, & réclamer la Loi.
Roxelane au milieu d'un groupe sanguinaire
S'agite & veut envain irriter sa colere,
De sa foiblesse même il souffre des témoins ;

Il sent qu'il est encor pour lui d'autres besoins,
Que ceux dont le flétrit une nouvelle ivresse.
Un mouvement secret l'émeut, & l'intéresse ;
Contre cet ascendant d'un Tyran enchanteur
Des antiques bontés sollicitent son cœur ;
Et le cri généreux, né de la conscience
Peut blesser son orgueil, jamais sa confiance.
Un grand événement occupe les esprits ;
Les Capets sont rentrés à la Cour de Louis.
Le tyran en frémit : la vérité captive
Peut recouvrer par eux une oreille attentive ;
Des rameaux dispersés de la tige des Rois,
Sous leur chef réunis, il redoute le poids.
Ce pur sang de Louis essuya ses outrages :
La vengeance s'approche : il prévoit les orages ;
Il ne peut écarter, il cherche à diviser.
En ruses vainement on le voit s'épuiser.
Depuis un trop long-temps Louis sut le connoître :
Dévorant des mépris, même ceux de son Maître,
Aigle, ou reptile, il est sans cesse tourmenté.
Ixion sur la roue étoit moins agité.
Près des cœurs droits toujours il est quelqu'espérance :
Ils cedent à l'estime, au temps, à la constance.
Des courageux Capets les efforts redoublés
Ont ébranlé Louis ; ses yeux sont dessillés :
Contre son Trône même il arma sa puissance ;
Et d'un tyran adroit il servit la vengeance.
Sans doute il est des Loix tributaires des temps ;
Mais il en est aussi que les événements
Ne peuvent altérer ; que rien ne peut détruire.
Elles seules des lys ont maintenu l'empire.
Avec elles les Rois sont toujours absolus ;
Sans elles les Sujets & les Rois ne sont plus.
Le tyran les connut, il voulut les enfreindre :

Il aveugle Louis, il les lui fait éteindre :
Il cherche à provoquer un Sénat courageux :
Il cherche à l'accuser près d'un Prince ombrageux.
Il veut le perdre enfin : en consommant son crime,
Il échappe à nos Loix, dérobe leur victime.
Le piege est prêt : l'Edit fatal est apporté ;
Il est par le Sénat mûrement discuté :
Les yeux n'en sont point crus : l'abominable ouvrage
D'épouvante & d'horreur glace l'aréopage.
Grands Dieux ! qui conçut donc cet Edit infernal,
Des tyrans, des flatteurs, éternel Arsenal,
Et de la calomnie archives exécrables !....
De l'empire des lys bases inébranlables,
Antiques, saintes Loix, vous n'êtes qu'un grand nom
Dont se couvrent l'orgueil, & la rebellion ;
Un rêve politique, une auguste chimere,
Des Rois épouventail créé dans la poussiere.
» *De par Dieu, par l'épée*, en France il est des Rois :
» Le Trône *des Capets* est au-dessus des Loix.
» Le grand peuple soumis à leur obéissance,
» N'a que leur volonté pour frein de leur puissance :
» Il doit voir dans les biens, dont il fait tant de prix,
» Un don du conquérant fait au peuple conquis,
» Mais don qui dans l'usage est asservi sans cesse
» Aux ressorts que conduit une haute sagesse.
» Les Rois dans leurs enfants ont leurs premiers sujets :
» Je ne sais quelle Loi qui n'exista jamais,
» Au sexe, à l'âge entr'eux affecta la Couronne,
» Mais on ne proscrit point contre les droits du Trône.
» Les Magistrats sont faits pour publier leurs Loix,
» Ouvrages de leurs mains, ils conseillent les Rois.
» Au peuple en leur acquit ils doivent la justice.
» *Voilà leur fonction : leur véritable office.*
» Leur Maître daigne-t-il en entendre la voix.

» *Obéir...... remontrer...... Là finissent leurs droits.*
» S'ils résistent, dès-lors maître de son Argile,
» Le Potier à son gré brise un vase fragile,
Maximes de l'Enfer !.... Doctrine des Tyrans !...
Sous le nom d'un grand Roi vous régnâtes un temps.
Mais est-il détrompé ? Bientôt il vous abhorre :
Déteste le fléau d'un peuple qui l'adore.
Exécrables Tyrans, tremblés, vils Corrupteurs;
Il veut tout réparer, & recouvrer les cœurs.
C'est par vous qu'il marcha sur le bord des abymes,
C'est vous qu'il punira du plus affreux des crimes.
On prépare déja l'Edit Restaurateur :
Mais quel obstacle ! ô ciel ! suspend notre bonheur !
Content du repentir, son Dieu, qui le rappelle,
A de plus jeunes mains laisse une œuvre si belle.
Un ennemi fatal embusqué dans son sang
Fait tout-à-coup éclorre un symptôme effrayant.
Incertain cependant Esculape tâtonne :
Le symptôme s'accroît.... Esculape soupçonne....
Hélas ! Hélas ! bientôt il ne soupçonne plus,
Et le progrès du mal rend ses soins superflus.
Qui peut te délivrer, ô malheureuse Terre !
De ce monstre indompté qui te livre la guerre,
Et qui va sans pitié moissonnant dans ton sein.
Contre un fléau qu'il sent un front calme & serein
Du mourant intrépide annonce le courage :
Tu traças ses erreurs : ô Muse ! rends hommage.
Sous la faulx de la mort quel auguste maintient !
Dans LOUIS expirant vois un Héros Chrétien.
A l'aspect du tombeau que de Héros pâlissent !
Ces pénibles instants trop souvent les trahissent.
LOUIS sait son état, attend brave la mort.
Ce n'est plus ce héros que la mollesse endort ;
Qu'au sein des voluptés trompa la tyrannie ;

Sur le bord de la tombe il retrouve la vie :
Son corps va diſparoître, & ſon ame renaît.
LOUIS enfin, LOUIS ſe montre tel qu'il eſt.
Il déſarme du ciel la foudre vengereſſe ;
A ſon peuple long-temps en butte à ſa foibleſſe
Il deſire de rendre & ſon pere & ſes droits.
Le remords en feroit le modele des Rois.
Grand Dieu, daigne exaucer nos vœux & ſa priere.
Il ne voudroit helas ! rentrer dans la carriere
Que pour nous rendre heureux, effacer ſes erreurs,
Crimes de nos tyrans & de ſes corrupteurs.
Vains deſirs.... mon Héros non moins imperturbable,
Voit s'avancer vers lui la mort inexorable...
Il expire.... Il n'eſt plus.... que reſte-t-il de lui ?
Vous Rois, Dieux de la Terre, approchez-vous d'ici.
Venez, intruiſez-vous à ce terrible exemple...
Mais non.... jeune Titus, que l'Univers contemple,
Garde-toi d'approcher, ou crains le même ſort.
Sur ſon lit de parade il exhale la mort,
Et l'avide tombeau revendique ſa proie.
Quelle leçon déja ſous tes yeux ſe déploie !
Mais des vertus en toi le germe eſt préparé :
D'un régne plus heureux ton peuple eſt aſſuré.
Tes bienfaiſantes mains vont eſſuyer ſes larmes :
Daigne auſſi de ton Peuple écouter les allarmes :
Que tes jours lui ſont chers ! . . . ah ! préviens les fureurs,
De ce monſtre indompté qui fait couler nos pleurs.
Auguſte nous en croit : quel groupe l'environne ?
Quel combat m'attendrit ! quelle ſcene m'étonne ! . . .
D'un eſſai quelquefois ſuivi par le malheur,
Qui ſe diſpute ici les dangers & l'honneur ?
O Provence ! ô d'Artois ! ô Freres de mon maître !
Nous êtes-vous moins chers ?.. devez-vous moins nous l'être ?
Vous, Fille d'Amédée, oſant les imiter,

A nos frayeurs encor venez vous ajouter !
Mon Roi ne risque point de si cheres Victimes :
Ou, s'il est des dangers pour ces cœurs magnanimes,
Il veut les partager : il ne souffrira pas
Que pour lui, que sans lui, son sang courre au trépas.
Vous chargés du dépôt d'une si belle vie,
Voyez sur vous les yeux de la Terre attendrie...
Redouter un poison !... en prendre le levain !...
Contre un danger douteux, en courir un certain...
Quel problême effrayant !... qu'il peut couter de larmes !
Mais à l'expérience il faut rendre les armes.
AUGUSTE vous l'ordonne, osez donc obéir....
Quoi gayement aux dangers nous les voyons courir,
Lorsque sur tous les fronts la pâleur est empreinte !...
Mais jamais les Bourbons connurent-ils la crainte !...
D'un dangereux levain AUGUSTE est imprégné;
Quel repos a-t-il pris ?... quand n'a-t-il pas régné !
Quand lui vit-on poser les rênes de l'Empire ?
Cependant par dégré notre frayeur expire;
L'éruption heureuse épuise le venin,
Et déja l'Ennemi n'habite plus son sein.
La crainte & la douleur cédent à la tendresse,
Et le sacré Vallon va rententir sans cesse.
AUGUSTE leve au Ciel ses innocentes mains,
D'un grand Peuple à vingt ans je régle les destins.
Dieu, dit-il, *donne-moi le don de ta sagesse ;*
Gui de mes pas tremblants, éclaire ma jeunesse.
Ces vœux partent du cœur : le Ciel l'exaucera.
AUGUSTE veut le bien, AUGUSTE le fera,
Car les Rois font toujours le bien qu'ils veulent faire.
Sur-tout, loin des flatteurs la troupe mercenaire :
Un exemple terrible, une grande leçon,
O mon Roi, doit de vous écarter ce poison.
L'autorité d'un seul n'est que le droit auguste
De régner par les Loix, & sur-tout d'être juste..

Le fleuve est par sa pente entraîné dans les mers :
Du Monarque au despote, & du despote aux fers,
Le penchant est rapide ; il est peu de distance :
S'en défendre, est des Rois la suprême science.
Observez tous vos pas contre un éceuil voisin
Au pouvoir absolu mettez vous-même un frein.
Le sceptre, croyez-moi, craint peu de la balance :
Consultez du Sénat le zele & la prudence :
Dans une Monarchie un *pouvoir mitoyen*
Du Prince & du Sujet doit être le lien.
Un monstre a su briser ce lien nécessaire :
Quelle foule de maux couvre votre hémisphere ?
Votre Aïeul fut trompé : réparés ses erreurs,
Au sein de l'Eternel il épanche ses pleurs.
Croyez que les flatteurs creusent un précipice :
Qui peut tout, doit n'oser qu'avec choix & justice.
Vous régnez sur un Peuple idolâtre des Rois :
Sous le joug de l'Amour il sent si peu les Loix !...
Protégez les Autels : nourrissez les Lévites ;
Mais de leur Sanctuaire arrêtez les Limites.
Près du Trône les *Grands* sont toujours prosternés :
Couverts de ses rayons, ils en sont enchaînés.
Vous tenez dans vos mains l'honneur & la victoire ;
Dispensé avec choix les *couleurs* de la Gloire.
Gardez vous de souffrir qu'on fasse d'un grand nom
Un titre pour l'orgueil, & pour l'oppression.
Guerre ouverte sur-tout à la barbare Ivresse,
A cette volupté, honteuse enchanteresse,
Qui désole l'Hymen, & qui fait sans pudeur,
Des dupes de Lais, & des *larrons d'honneur.*
Du Trône assez long-temps volontaires esclaves,
Laissez, laissez les *Grands* secouer leurs entraves :
Par de fidelles soins, par d'illustres travaux
Plus d'un sans doute contre eux a des droits au repos,

Dans le sein du loisir, dans leurs foyers champêtres
Laissez les rafraîchir le sang de leurs Ancêtres;
Mais couvrez de mépris ces êtres orgueilleux,
Qui par eux mêmes rien, sont tout par leurs Aïeux:
Qui *flanqués de blasons*, & brulés d'avarice
Vont traînants dans les champs la morgue & l'injustice,
Qui, timides Héros, despotes Casaniers
Sont peu connus de Mars, & trop de leurs fermiers.
Pour l'Etat, ô mon Roi! cette perte est légere.
Pourriez-vous regretter un sang qui dégénere?

AUGUSTE, près de vous, & dans le plus haut rang
Les *Capets* sont assis, ils sont de votre sang.
Vous les primés au Trône à titre de naissance;
Mais ainsi que leurs Rois, ils sont chers à la France.
Placés entre leur tige, & vos autres sujets,
Jamais l'Ambition n'égara leurs projets:
Qui sait mieux obéir! mais appellés au Trône,
Qui peut mieux éclairer tout ce qui l'environne!
De vos vrais intérêts reposez vous sur eux.
Ils défendront leur bien en Sujets vertueux.

Parcourez avec soin ces Annales fidelles,
Des Peuples, & des Rois, archives éternelles:
Au flambeau de l'Histoire osez-vous éclairer:
Avec un pareil guide on ne peut s'égarer.....

J'aime les Loix, mon Prince, & des jours sans nuages;
La République veut quelquefois des orages:
Le mouvement l'épure: elle ressemble aux eaux,
Dont la corruption suit un trop long repos;
Mais dans la Monarchie, un calme inaltérable,
Est du bonheur commun la source intarissable.
Comme le Ciel, disoit un sage Mandarin,
Notre Empereur gouverne, & l'on bénit sa main.

Faites sur vos Palais, Monarques magnanimes,
Graver en lettres d'or ces paroles sublimes.

Il nous disoit par-là qu'un bon gouvernement
Est ce *Ciel* qui sur nous roule insensiblement.
Mentor souffrit en sage une longue injustice.
Acquittez votre Aïeul : d'une main protectrice,
Ramenez près de vous ce vieillard vertueux,
Il vous apprendra l'art de faire des heureux.
AUGUSTE, pour en faire, il faut l'être vous-même.
Vous reçûtes un don de la Bonté suprême :
Les Graces, la Vertu feront votre bonheur.
Vous aimez ANTOINETTE, & vous avez son cœur.
Gardez-vous de troubler une si belle Vie :
Défiez-vous sur-tout du Démon de l'Envie.
Contre elle voulez-vous en briser tous les traits ?
Pour elle ayez toujours les yeux de vos Sujets.
Mais quoi ! sur ses devoirs j'éclairerois AUGUSTE !...
Il remplit le plus saint, puisqu'il sait être juste.
Ces sublimes leçons, il les prend dans son cœur ;
Il ne veut respirer que pour notre bonheur.
Son âge l'intimide, il appelle les Sages,
Dissipe la terreur, écarte les orages.
Délateurs, Espions, votre regne est fini.
Ce monstre cependant par vous si bien servi,
Ce monstre vit encore ; assiége le Monarque :
De piéges, & d'écueils, entoure Thélémaque.
Il répand ses fureurs : il souffle ses poisons.
Par les mains de l'Envie il seme ses soupçons.
Il attaque !... grands Dieux ! quelle est ton espérance !
Contre qui crois tu donc imposer à la France ?
Qui ne t'abhorre pas ! qui ne connoît enfin
Le Serpent que Thémis réchauffa dans son sein ?
L'intérêt de ton maître inspira ta grande ame !...
Le feu de ton devoir est le seul qui l'enflamme !...
O Ciel ! où la Vertu s'iroit-elle cacher ?...
Dans le sein des forfaits qui l'iroit donc chercher !

Chasteté, Vierge Sainte ; & compagne d'Astrée ;
Qui te soupçonneroit au sein de Cithérée ? ...
Sous un Ciel ennemi, dans un air empesté,
Qui chercheroit jamais la vie & la santé ! .. ;
Dès long-temps façonné dans l'Ecole du crime
A ton Ambition tout parut légitime.
D'un œil fixe tu suis tes infâmes projets :
Tu flagornes les *grands*, carresses leurs valets ;
Et selon la fortune, ou propice, ou contraire ;
Leves un front superbe ; ou baises la poussiere.
Va : ton regne est fini, te voilà sur l'éceuil :
On ne voit plus en toi que vengeance, qu'orgeuil.
La vérité seroit suspecte dans ta bouche :
Tel un Reptile affreux souille tout ce qu'il touche.
D'Astrée, & de Thémis vil Calomniateur,
Ton nom est revêtu d'infâmie & d'horreur.
Cesse d'infecter l'air que ton Maître respire :
Où te sauveras-tu ? ... Quel coin de son empire
Ne te chargera pas de malédictions !
Le délire se mêle aux Imprécations.
Quelle grêle de traits ! ... Quelle masse de haine !
La Vengeance sans frein contre toi se déchaîne :
Dans la vaste Cité quel art te reproduit !
Dans un coin on te *roue*, en l'autre on te *rôti*.
Non : tu ne mourras pas de honte & d'infâmie :
Mais, tremble que celui qui te laisse la vie
Ne t'abandonne un jour au glaive de la Loi ;
Quels supplices, ô monstre ! inventer contre toi ?
Taureau de Phalaris, contre la tyrannie,
Ouvre-toi, sur ces murs désolés par l'Impie ;
Qu'il fasse retentir d'affreux mugissements :
Venge enfin à la fois les morts, & les mourants.
Sommes-nous au milieu de ces déserts horribles ;
Repaires consacrés à des monstres terribles !

Quel autre si long-temps vainement combattu.
Se reproduit par-tout au gibet suspendu !
O combien de bourreaux contre eux se réunissent !
Dans un *Auto-da-fé* les deux monstres périssent.
Le jugement du Peuple en effet quelquefois
Comme une voix divine, est le flambeau des Rois :
Cependant ta Bonté tempere ta Justice :
AUGUSTE, sous nos pas tu vois le précipice :
Tu vois ce que sur nous ils ont commis d'horreurs :
Si tu n'étouffes pas ces monstres destructeurs
En livrant aux remords ces affreuses Victimes,
Répare, tu le dois, leurs forfaits, & leurs crimes.
Rend nous notre Sénat, & nos Loix, & la Paix ;
Et sois toujours enfin le Dieu de tes Sujets.
Des flatteurs, des tyrans cette race maudite
Par AUGUSTE vengeur est donc déja proscrite !
Roxelane avec elle entraîne cet Essaim
Qui vécut si long-temps de honte & de larcin.
Choiseuil nous est rendu : Mentor à sa priere.
Mentor après vingt ans rentre dans la carriere.
Miromesnil nous rend l'immortel d'Aguesseau :
Avec Henry, Sulli renaît de son tombeau.
Un ministere enfin, dont la sagesse allie
Les intérêts du Trône, & ceux de la Patrie ;
Du terme de nos maux, des plus heureux destins.
Quel espoir plus flatteur ! quels gages plus certains !
Ferme, bienfaisant, l'auguste Thélémaque
En pere veut le bien, & le fait en *Monarque*.
Le sceptre dans ses mains ne doit point chanceler,
Mais aussi par ses mains, loin de nous accabler,
Ce sceptre doit toujours sa force protectrice :
C'est un glaive, s'il n'est porté par la Justice,
Respecté par l'amour, éclairé par les Loix.
Eh ! quoi ! déja mon Maître est l'exemple des Rois !

Il monte ſur le Trône ; & par ſa bienfaiſance
Son premier pas le montre aux regards de la France.
Le peuple par l'impôt ceſſe d'être épuiſé ;
Et de ſon *Buſiris* le creuſet eſt briſé.
Il a ſéché nos pleurs, il veut que notre joie
Aux rayons de l'eſpoir éclate, & ſe déploye.
Sous un regne nouveau, par l'Amour conſacré
En impôt dès long-temps ce don dégénéré,
AUGUSTE le remet : il donne des prémices ;
Sa bonté ſe diſpoſe à d'autres ſacrifices.
L'impôt étoit aſſis (quelle inhumanité !)
Sur les premiers beſoins, ſur la *néceſſité* :
AUGUSTE le détruit : ſon cœur paternel ſaigne ;
Voudroit que tout impôt diſparut ſous ſon regne.
Et ſur celui qu'il ſouffre, il fait couler ſes pleurs.
Cérès avoit long-temps prodigué ſes faveurs.
Il ne concevoit pas qu'au ſein de l'abondance ;
Une longue famine eut décharné la France.
Des aſſaſſins obſcurs, de vils monopoleurs ;
Sous le nom d'un grand Roi commettent ces horreurs ;
Sous leurs barbares mains Cérès fut concentrée :
L'Avarice régla la ſortie & l'entrée.
Quoi ! dans ce pacte affreux LOUIS auroit trempé !
Calomnie exécrable !..... Il fut pillé, trompé ;
Par qui ! par Buriſis & ſa noire ſequelle
AUGUSTE approfondit la trame criminelle :
Il connoît tout le mal ; le mal eſt réparé ;
L'aliment précieux eſt par-tout aſſuré ;
Mais de tous ſes Sujets également le Pere ;
Il médite, il nous donne une loi ſalutaire,
Qui de la liberté combine les reſſorts,
Abreuve également les veines d'un grand corps ;
Qui ſur le ſuperflu réſervant ſa Puiſſance,
En dirige le cours au gré de ſa prudence.

Une

Une fievre brûlante avoit fait un mourant:
Elle cede : il respire ; on le voit renaissant.
La France lentement s'ébranle, se releve,
Elle va retomber, si ta bonté n'acheve.
Vous, qui l'environnez, tombez à ses genoux.......
AUGUSTE les prévient : Thémis est parmi nous :
Elle va recouvrer ; Dieux ! qui pourroit le croire !
Son Temple, ses Autels, & son culte, & sa gloire.
Sénat, quels pleurs de joie arrosent tes lauriers !
A la voix de ton Roi, rentré dans tes foyers,
Tu remontes, non pas au Capitole antique,
Où des Rois à genoux sous une république,
Recevoient en tremblant & le sceptre, & des Loix;
Et qui du Monde entier disposa tant de fois,
Mais au temple paisible; auguste sanctuaire,
Où reposent les loix d'un Monarque, & d'un Pere;
Où par ce *Pacte heureux du Prince & du sujet*,
Le Trône a son flambleau, les Loix ont leur creuset;
Où des Rois en tes mains le glaive & la balance
Exercent leur Justice, acquittent leur puissance.
Loin du Trône d'AUGUSTE écarte les flatteurs;
Loin du Sénat, ô ciel! écarte les malheurs.
Qu'avec de saintes mœurs, des mains incorruptibles;
Le temple de nos Loix n'ait que des Dieux visibles;
Que toujours le Sénat soumis, respectueux,
Du peuple soit aussi l'organe courageux.
Monstre quel noir chagrin te mine, & te consume!
Ta rage mord un frein blanchi de ton écume.
Tu prévois, & tu crains un terrible avenir.
De tant d'affreux forfaits qui pourra te punir?
Vous, que devenez-vous, exécrable vermine!
Au courroux de son peuple; ainsi qu'à la famine;
AUGUSTE vous arrache, AUGUSTE avec bonté

Pardonne tant d'abus de ſon autorité.
En traînerez-vous moins la haine & l'infâmie !
On lit ſur votre dos. *Bourreau de la Patrie.*
Sachez que tôt ou tard on ramene les Rois ;
Qu'on deſſille leurs yeux : qu'ils écoutent les Loix :
Que ce reſſort toujours lutte contre le crime,
Et briſe tôt ou tard le bras qui le comprime.
VIVE AUGUSTE : ces cris, ô Reine des cités !
Sur tes rives ſeront ſans ceſſe répétés.
La Province renaît du Rhin aux Pyrenées :
Tant de calamités déja preſque oubliées,
Sont du régne D'AUGUSTE, & l'époque & le fruit.
O ciel ! conſerve-nous cet Aſtre qui nous luit.

Fin du ſixieme Chant.

www.ingramcontent.com/pod-product-compliance
Ingram Content Group UK Ltd.
Pitfield, Milton Keynes, MK11 3LW, UK
UKHW020408230726
13925UKWH00003B/1309

9 782014 061055